不管怎么说，读书的人真的凤毛麟角，如果所有
印刷业从明天停工，不觉得匮乏的人，恐将比比皆是。

——吉辛

启真馆 出品

三味
书屋

故 书 琐 话

赵国忠　著

ZHEJIANG UNIVERSITY PRESS
浙江大学出版社

目　录

柳雨生、梁式关于鲁迅的通信

1943 年 5 月上海出版的《风雨谈》第二期，刊登了一则"本刊佳作预告"的资讯，预告陶亢德的《吸烟记》、予且的《予且随笔》及署名尸一的《鲁迅先生二三事》等八篇即将在本刊登载。其他作者看到预告未见有何反应，尸一却有些不悦，他借助《中华日报》的《中华副刊》版面，于当月 24 日发表了一通致《风雨谈》编辑柳雨生的公开信，信如下：

雨生先生：

翻《风雨谈》第二期到第八十面，看见佳作预告中有"尸一"的一篇，喜而且惊，可惊的是那个"佳"字，其次是题目。

去年应《中华副刊》编者之命，为鲁迅特辑写点文字，率笔写了一夜，写完还是无题；两天之后才定名为《可记的旧事》，事关鲁迅，也关自己；既说可记，当然也有不可记的。放在鲁迅纪念特辑中，又不必提明鲁迅而自明，设使题目用"鲁迅在广州"，而我所写的离齐备很远；"我和鲁迅"更用不得，一则是我和鲁迅关系不深，二则是恐防批评界嘲笑我胆大妄为，实在尸一的"我"决不够和鲁迅的大名配合。《中华副刊》鲁迅纪念特辑刊出后不是招致过某报的笑骂么！但是原题放在《风雨谈》预告中的确会使读者不知所谓，改为"鲁迅先生二三事"，自然是合乎广告术原理的。我的主张是这篇非佳之作，应刊在贵刊之末，作为附篇或资料之类，如果你一定要采用的话；题目照我自己原定的，旁边加一小题，文曰，"限于与鲁迅有关的"。还有一点，鲁迅之下加"先生"二字也是多余的，我不能自乱其例。

尸一 三十二年五月二十一日

解释这通信之前，先要了解"尸一"是谁。

"尸一"即是梁式（1894—1972），原名康平，又名君度、匡平，发表文章常常署名尸一、何若，广东台山人。1925年广东高等师范学校文史部毕业，次年在广东省立女子师范学校兼任国文教师，一度与许广平同事。1927年任广州《国民新闻》副刊《新时代》主编，兼任黄埔军校教职。上海沦陷时期为《中华日报》主笔之一，出版过《何若·杂文》等著作。

信中的《中华副刊》，指《中华日报》的《中华副刊》。《中华日报》1932年4月创刊于上海，初为国民党汪精卫改组派的报纸，出至1937年11月因经费原因停刊，1939年7月10日始复刊。《中华副刊》，1942年6月22日出版第一期，1945年8月21日终刊，共出版六百九十三期，由杨之华编辑。这是一个偏重于文史方面的副刊，以刊发文坛逸话、文人剪影、山水游踪、旧闻掌故、社团介绍为其主要内容，除个别几期有明显的媚日亲日倾向外，大都较少政治色彩，并且在一定程度上保存了不少有价值的史料文献。

《中华日报》的《中华副刊》上刊发的梁式致《风雨谈》编辑柳雨生的公开信

1942年10月19日至23日连续五期的《中华副刊》，为"纪念鲁迅先生特辑"，刊发了萧剑青的《鲁迅先生对于我的启示》、内山完造的《忆鲁迅先生》、姚克的《鲁迅先生的遗像》等文。尸一的《可记的旧事》也刊于此，因文字较长，

"特辑"未连载完，又借 26 日的版面续完。这篇约八千字的长文，详细叙述了他在广州几次访问鲁迅的见闻，这些访问在《鲁迅日记》中均有记载。1927 年 1 月 22 日是鲁迅到达广州后的第五天，这天的《鲁迅日记》记有："上午钟敬文、梁式、饶超华来访。黄尊生来访。"这是梁式以《国民新闻》记者的身份首访鲁迅。对于这次见面，他追述道："鲁迅拿着烟卷走过来时，我觉得很面善，没有什么奇异之感……谈到将近中午，我请大家上馆子吃茶点，广州的点心是精美的，鲁迅样样都试。廉价的烟卷一支复一支点着。"之后他又经常出入鲁迅寓所，并向鲁迅约稿。鲁迅在香港的演讲《老调子已经唱完》，即是通过梁式在《国民新闻》的《新时代》上发表的。他们还谈到了电影，一次与鲁迅闲谈时，"他（鲁迅）拉开抽屉，捡出一张从报纸上剪下的电影广告，说：'《斩龙遇仙记》不可不看，这是德国古老的民间故事。'又谈到中国的电影，他以为坏处在中国人面目呆板，不善表情，古人以喜怒不形于色为难能，演员如此就失败了，《略论中国人的脸》当是那天闲谈后写的"。鲁迅还曾问他发表文章署名尸一是何意，他以"这不是笔名，而是注音符号，敝名的音是这样读的"作答，鲁迅听了"笑了起来"。

梁式的公开信，就写作《可记的旧事》涉及的一些事做了解释。所谓"事关鲁迅，也关自己"，即他把这篇文章视为"是我自己的资料稿之一种，备将来写回忆录或自传时用的底稿"，"处处以我为中心"。而"离齐备很远"，指这里记载的仅是他与鲁迅的交往，并非鲁迅在广州生活的全部，若用"鲁迅在广州"命名，显然离齐备很远了。当然这里也隐有所指，即1927年7月钟敬文编了一本《鲁迅在广东》的应时小册子，这本书用梁式的话讲"剪贴一完，便付排印"。鲁迅对该书也多次表达过意见，认为材料搜集得不够齐全，编辑时未征求他的意见，尤其对刊登广告时写成"鲁迅著"更加不满。至于"鲁迅之下加'先生'二字也是多余的"，指全文通篇径称鲁迅，后面未加"先生"二字，若《风雨谈》予以刊载，他认为"不能自乱其例"。

最让梁式不悦的是柳雨生擅自把文章的题目改为《鲁迅先生二三事》，对柳雨生来说，梁式出道早，算是前辈，然而这个后生事先也不通告一下竟自作主张，实属不敬了，他以一句那"自然是合乎广告术原理的"的嘲讽话予以回击。

读到梁式的信后，柳雨生迅即拟了一篇《答尸一》，也以公开信的形式发表为自己澄清，这封信刊在5月30日的《中华副刊》上，文字如下：

尸一先生：

　　二十四日副刊大函拜悉。风雨谈第二期佳作预告《鲁迅先生二三事》一文，系因日前弟与先生谈及，何不写一新文限于鲁迅先生有关的，否则，大作《可记的旧事》亦不妨略加补充，改一题目如《鲁迅先生二三事》之类，承允诺暇即交卷者也。现在弟想尊作新稿仍最好写出，否则《可记的旧事》一文，当照尊意办理，旁边加一小题，文曰"限于与鲁迅有关的"。此外，拟附载鲁迅先生三闲集中《在钟楼上》一文，因为该文内谈及"尸一"，读者们可以参阅。

　　　　　　　　　　雨生，三十二年五月二十五日。

（本函文字戏拟"尸一体"先生以为何如？）

柳雨生在《中华日报·中华副刊》上的答复信

信写得客气，也委婉，这么轻轻地一推，即把责任推给了对方。说日前谈话时言明，我约写的是关于鲁迅的一篇新稿，你总不能拿半年前在同一属地发表的旧文来搪塞啊，即便退一步，使用这篇旧文，也应该补充些新的内容才是。"拟附载鲁迅先生《三闲集》中《在钟楼上》一文，因为该文内谈及'尸一'"一句，更不能简单地划过。"钟楼"，指广州中山大学的"大钟楼"，鲁迅初到广州时居住在二楼西北角的一个房间，那段时期梁式常来造访。柳雨生这里意在提示梁式有无新的资料可供补充。之后，未见梁式对文章进行增补，也未见《可记的旧事》在《风雨谈》再次刊载。

梁式信上还有一句"既说可记，当然也有不可记的"，然而哪些是不可记的？外人固然不好悬测，他所谓的不可记，是否一如其《可记的旧事》所言"只因世事沧桑，不能不牺牲我的著作自由来换取或保全我身体的自由"，我们就不得而知了。

2017 年 4 月 17 日

知堂的一篇集外文

1943 年 6 月 22 日上海《中华日报》的《中华副刊》第二百四十一期"周年纪念号"为"作家书简特辑",刊载了鲁迅、周作人、钱玄同、刘半农、周越然等人书简,周作人的这篇署名知堂,以《苦雨斋书信》为题,未见收入各种周氏作品集,张菊香、张铁荣所作年谱也未著录,当是一篇集外文,兹录如下:

十四日值半农死后三阅月,北平将开一追悼会,除行礼外无可表示,不得不添上一副挽联,句云:

十七年尔汝旧交,追忆还从卯字号。

廿余日驰驱沙漠,归来竟作丁令威。

卯字号在"五四"以前为文科教员休息室,即今西斋临街一带也。又见适之联稿,句云:

守常惨死，独秀幽囚，如今又弱一个。

拼命精神，打油风趣，后起还有谁呢？

玄同评曰：对仗欠工，尚须往清华应试，以资练习。赵元任君联云：十载凑双簧，无词□□难成曲；数人弱一个，教我如何不想他。上联二字失记。

现代作家中，娴熟运用书信体行文的，大概可推周作人为第一人。关于"书"与"信"之界别，他在《周作人书信·序信》中言："此集内容大抵可分为两部分，一是书，二是信。书即是韩愈以来各文集中所录的那些东西，我说韩愈为的是要表示崇敬正宗，这种文体原是'古已有之'，不过汉魏六朝的如司马迁杨恽陶潜等作多是情文俱至，不像后代的徒有

刊发知堂集外文的《中华副刊》第 241 期

噪音而少实意也。宋人集外别列尺牍，书之性质乃更明了，大抵书乃是古文之一种，可以收入正集者，其用处在于说大话，以铿锵典雅之文辞，讲正大堂皇的道理，而尺牍乃非古文，桐城义法作古文忌用尺牍语，可以证矣。尺牍即此所谓信，原是不拟发表的私书，文章也只是寥寥数句，或通情愫，或叙事实，而片言只语中反有足以窥见性情之处，此其特色也。"依其划分，录入的这篇无疑属于"预定要发表"且"可以收入正集者"的"书"的那一类。

文中收录的几副挽联不作解说了，因对这些联语的详细解读网上百度一下都可查到，我仅就文中涉及的一些史实作点补充。

一、关于文章的写作时间

知堂的文章大多在文末标明写作时间，此篇未标，但可以肯定的是它写于刘半农追悼会之前。1934 年 6 月，刘半农为完成《四声新谱》《中国方言地图》的编写，冒酷暑沿平绥铁路深入绥远、内蒙古一带去作方言方音调查，不幸染上"回归热"，7 月 14 日病逝于北平。在"蒙难纪念日"百日，亦即"三阅月"后的 10 月 14 日，刘半农生前供职的北京大学在北大二院为他举行了追悼会。文中一个"将"字，清楚点明它是写于追悼会之前。若进一步缩小时限，私以为它应写于10月5日之后，即10月5日至13日的某天。周作人10月5日日记云"四时往北大会议半农后事"，参加这个会议的还有钱玄同，他同日日记是这样记载的："四时至北大二院，开关于刘半农之追悼及纪念事宜之会。"会上大概定了追悼会上的一些程序，也许比较简略，故周作人文中有"除行礼外无可表示"一语。实际上追悼会还是很隆重的，我手边存有1934年10月15日《北平晨报》复印件，内刊《刘半农追悼会昨晨在北大举行》一文即对会议作了详细报道。大会十点一刻开始，参会者约七八百人，所挂挽联六百余幅，由北大校长蒋梦麟主祭，胡适、周作人、钱玄同、魏建功四人会上做了发言。而这四人的发言是临时决定的，5日的议事会上大概没有这一议程。所据可见10月14日钱玄同日记："十时至北大，开半农追悼会。会中推定胡、周、钱、魏四人报告半农之学行，毕已将十二时矣。"可见这是临时的动议，这也就容易理解追悼会预备十时开始却推迟到十点一刻的原因了，兴许就是在商量此事。知堂文中还有关于"卯字号"的解释，胡适会上的发言正好也有涉及："我与半农皆为以前'卯字号'人物，至今回忆起这段故事，颇令人无限感伤，半农与陈独秀、林损及我，皆为卯年生，我们常和陈独秀、钱玄同先生等在二院西面一间屋里谈笑说天，因此被人叫作'卯字号'人物，'卯'属兔，陈独秀先生比我们大十二岁，即是比我们大一个'卯'，他们叫他做'老兔子'，叫我和半农、林损诸人为'小兔子'，现在我们'小兔子'的队伍逐渐凋零了。"

二、关于"数人会"

知堂录赵元任联语中有"数人弱一个，教我如何不想他"，语言学家汪怡（汪一庵）在挽刘半农的一首《风入松》中也有"'数人会'里，而今何处寻君"句，这里都提到了"数人会"。关于"数人会"，赵元任在《刘半农先生》中言"半农和我是一个多方面的小同行，我们都搞敲敲钉钉、拉拉吹吹的顽意。他在民十四年发起了数人会"，可见这是由刘半农倡议组织的。据我有限的阅读，"数人会"的史料记载最早见于 1925 年 11 月 18 日出版的《北京大学研究所国学门周刊》第六期《学术界消息》，其中云："新近几位对中国国音和国语有研究的志愿及兴趣的学者组织了一个'数人会'，他们一共有六个人：黎锦熙（劭西）、刘复（半农）、林语堂（玉堂）、赵元任、疑古玄同、汪怡（一庵）。他们命名叫数人会，据说也有一个用意，就是隋陆法言《切韵序》中说的'……魏著作（渊）谓法言曰：向来论难，疑处悉尽，何不随口记之？我辈数人，定则定矣'的'数人'。"可知这是对音韵和国语感兴趣的六人自发组织的一个小团体，并非官办机构。随后钱玄同在刊于12月2日第八期《学术界消息》上的《关于数人会》中又作了进一步解释："'数人'者，数人也，数人耳，毫无深义藏于其中。'定'，更谈何容易？别说'则定矣'啦，便是'我辈数人'，也要经过多少回的讨论与多少回的尝试，才勉强得到'暂'定；'暂'定之后，若发见毛病或有更好的办法，当然又要取消或变更前'定'的。即使对于某一问题，我们自信讨论的结果尽善尽美，可以'定'了，但也不过'我辈数人定'罢了；至于'则定矣'，那是别人的事，'我辈数人'安可存此妄想。"

本来对这样的一个纯学术组织，并无多少人了解，但近年时见人们文章中提到"数人会"，这多有赖于杨步伟在《杂记赵家》中的推介。那时她随丈夫赵元任住在清华园，清华园在北京西郊，她是学医的，闲来想找点事做，便在城里开了一家诊所，"所以我们就看好了景山东大街的一所房子，三进，第一进为诊所，第二进元任他们有花样了，作为他朋友往来用，第三进我三哥住家，因为我们不去的时候必须要有人照应房子等等。我的诊所自然生意不太好，可是元任他朋友们的玩意可多了，第一他们定了一个'数人会'，钱玄同、汪怡（一庵）、黎锦熙（劭西）、刘复（半农）、林玉堂（语堂）和元任，最初他们这一班人都是国语统一筹备委员会的，忽然有这个地方有吃有谈的多高兴，第一是钱玄同摇头摆尾地高谈阔论，谈的不停，胡适之也偶然来来，王国维想加入还没有正式加入进去，而他自己就出事了"。这里写到了"数人会"的活动场所，有的论者即把这个景山东大街的房子看成了"数人会"活动的固定场所，如朱洪著《刘半农传》、苏金智著《赵元任传》都是这样写的，以前我也持此看法，如今随着《钱玄同日记》出版，改变了这一认知。钱玄同在日记中详细记载了"数人会"的活动，现摘引几日他 1925 年的日记：

九月二十六日　星期六　六时至景山东大街二号，赴赵元任之宴。共七人：赵、杨、杨二老爷、钱、黎、汪、刘。

（按：这是"数人会"的首次活动时间。）

十一月十五日　星期日　午至撷英，应劭西主席之数人会，到者四人，赵、钱、林、黎，又赵太太也。匆匆一拟未决定。

十一月二十八日　星期六　午，玉堂请客，至其家，赵、黎、汪、林、钱五人。赵拟一罗马字案，较前次大进步，大致容恰矣。四时散。

十二月十九日　星期六　出城赴汪一庵之约会，今日数人会他为政也。罗马字似可"则定矣"了，赵制一全音分声调表，借来抄之，晚四时方毕。

可见"数人会"活动采取的是聚餐会性质，大家轮流做东、轮任主席。这个景山东大街二号并非是活动的唯一场所。关于这个院落的租定，商务印书馆出版赵新那、黄培云编《赵元任年谱》系在1926年项下，似不确，这应是1925年秋的事。还有论者说远在厦门的语言学家周辨明也是"数人会"成员，其实他不能算作成员，"数人会"就这六个人，还都居于北京。

三、关于挽联中字句的异同

《北平晨报》上的"悼刘"报道还收录了几副挽联，拿这些挽联与知堂文中的比对，存在文字差异，这种情况，有的是《中华日报》录入时误排所致。如知堂联语中"廿余日驰驱沙漠"中的"沙"字应是"大"字，这副挽联的撰写在知堂日记中有记，最初见于1934年10月1日日记："上午做半农挽联云：十七年文字旧交，追忆还从卯字号。廿余日驰驱大漠，归来竟作丁令威。拟请玄同书之。"10月9日又言："写半农挽联云：十七年尔汝旧交，追忆还从卯字号。廿余日驰驱大漠，归来竟作丁令威。"并"送挽联及奠仪十元致刘宅"。10月9日所写为定稿，那是写在白绢上并与十元奠仪费一起送到刘宅预备在追悼会现场悬挂的。"白绢"，在他10月8日的日记也有记"上午往琉璃厂买白绢挽联一副"。这前后两次撰联，"大"字未变，稍作变动的是把"文字旧交"改为"尔汝旧交"。退一步讲，再从文字上看，"沙漠"远不如"大漠"来的有气势，知堂断不会作如此修改。当然，有的并非是录入时误排，如胡适的那副挽联，追悼会现场悬挂的为"守常惨死，独秀幽囚，新青年旧伙如今又弱一个。拼命精神，打油风趣，老朋友中无人不念半农"，这副联语与知堂提供的有别，知堂这里其实并没引错，而是原来如此，看看钱玄同1934年10月11日日记就清楚了："灯下抄钱、黎、白、魏、陈、胡、周、马、赵九人挽刘之联，明日将送周大虎登

《国语周刊》也。(此昨日事)"这是钱玄同补记 10 日的日记，
"胡"，即指胡适，这九人的"挽刘之联"刊于 10 月 13 日《世界日报·国语周刊》。胡适的文字确为"守常惨死，独秀幽囚，如今又弱一个。拼命精神，打油风趣，后起还有谁呢？"，可知他在追悼会现场悬挂的挽联文字是后来又做了改动的。

此外，知堂录赵元任联语"十载凑双簧，无词□□难成曲"中一时失记的"□□"是"今后"二字。文中"玄同评曰：对仗欠工，尚须往清华应试，以资练习"一语，是在使用今典，指 1932 年清华大学新生入学考试的试题陈寅恪出对对子一事，这是大家都知道的，不说也罢。

2017 年 6 月 25 日

知堂三题

知堂题《不堪回首图》

1934 年 9 月 1 日杭州出版的《艺风》月刊第二卷第九期，载有署名阿芳的《追述刘半农》，此是刘半农同年 7 月 14 日患"回归热"病逝后刊出的一篇纪念性文章。文中写刘半农是一位多才多艺的学者，具有多方面的兴趣爱好，如写新诗、倡摄影等等。他还深爱国画，"虽不能动笔，但对画理理解之深，批评之允当，无不使人心折"。该文以详细笔墨记述了一件逸事。

1933 年是鸡年，更是个多事之年。撮其大者，先是日军自"九一八"事变侵占东北后，作进一步扩张，年初即占领山海关，3 月初，因热河省主席汤玉麟率部不战而逃，日军兵不血刃占领承德，之后长城各关口又先后失守，日军迫近北平，在此危情之下，南京国民政府谋求与在华日军于华北停战，双方 5 月 31 日签订《塘沽协定》，使部分华北主权丧失。外患偏又连着内忧，是年 6 月至 8 月，黄河发水灾，据当时报载，下游共有五十四处决口，受灾面积一万多平方千米，受灾人口达三百六十多万。

有感于时势维艰，1933 年 8 月青年画家王青芳绘了一幅国画鸡，并命名为《不堪回首》。

王青芳（1901—1956），安徽萧县人，号芒砀山人。幼时受堂兄王子云影响开始习画，早年就读于南京师范学校和北京国立艺术专门学校，毕业后于北平孔德学校、艺文中学、国立艺专等校教习美术，其间与钱玄同、周作人等知名学者时相过从。他擅长绘花鸟走兽，又兼工木刻，自称万版楼主。

在《不堪回首》画面上，一只昂首的雄鸡立于岩石之上引颈长鸣，其利爪紧抓岩石，充满力感。艺术家在这里托物寄情，借雄鸡长鸣企盼黑暗尽快结束，黎明早早到来。

之后，王青芳又征得友人题记于上，其中知堂的题记未见收入已出版的各种周氏作品集，当为集外文，兹录如下：

郑风云，风雨如晦，鸡鸣不已，二语甚佳，实能写出极妙情景，今以奉题青芳妙画，亦正相称也。

二十二年八月二十日作人识于北平

周氏借用《诗经》语，道出他对现实的认知：身逢乱世，社会黑暗，前途艰难。

《不堪回首》图不知还存世否？2010 年云南人民出版社出版了王同等人编著的《王青芳》，在书中收录的画作中未能见到这幅图，又据书中任之恭《闲话王青芳》一文交代，被王青芳视为宝贝的一箱子画作，在 1949 年以后那场尽人皆知的灾难中遭查抄焚烧，《不堪回首》图恐已不在世了！

为保存这段艺苑掌故，借此把其他几位的题跋也一并抄示于下：

钱玄同云："徐铉曰，鸡者稽也，能稽时也，有五德，首带冠文也，足搏距武也，敌在前敢斗勇也，见食相呼仁也，守相不失信也。"

最后题字的是刘半农，在题了一首诗后，又作跋语，写得颇为风趣，其诗曰：

自有生民既有鸡，鸡鸣而起各孜孜。术分仁暴由人择，事必糊涂任我为。国难临头呼口号，倭刀加颈觅飞机。年年日攘邻家一，敢诩咱们老面皮。

其跋言：

青芳自题妙画曰"不堪回首"，是忧国青年气概，玄同录徐氏说，是经师家法。岂明录郑风是文人风度。余既无气概，亦无家法，更无风度，却因青芳善画，曾揩两幅之油，故以打油诗报之，愿其于艺事上努力加油。创世纪上帝第五日造动物，第六日造人，故首句云然。

还想补充一句，《追述刘半农》的作者阿芳，其实正是王青芳，故这则史料的真实性是毋庸置疑的。

2015 年 11 月 1 日

知堂题《猛虎集》

顷接友人电子邮件，言鲍耀明先生患重疾住院，毕竟已属九十六岁高龄，企盼奇迹出现。

我和鲍先生并无私交，读了那册河南大学出版社出版的他与周作人的通信集后始知其人。他长期居港，与晚年的知堂来往密切。当时正值三年困难时期，食物匮乏，物价上涨，周氏夫妇又年老多病，儿子划为"右派"后工资降低，一家三代人主要依靠他翻译作品的收入来维持生计，生活不免拮据，甚至会变卖物品弥补亏空。在那段非常时期，鲍先生热心相助，不断地邮寄油、糖等食品接济周氏。而周作人也常拿出一些书画和朋友的信札书刊回赠对方，似乎如此，才感心安。

知堂回赠了鲍耀明哪些物品，这在二人的通信集中有明确记录，可是若想看到实物却也不易，前些时候北京鲁迅博物馆举办了一场"百年梦想·先生长歌——中国近现代文化学人图文展"，恰好有部分实物展出，珍品琳琅满目，让我过足了眼瘾，这里单拣出一册《猛虎集》说说。

《猛虎集》，是诗人徐志摩生前编定、出版的最后一部诗集，1931 年 8 月由新月书店初版。在诗人的生命史上，这部诗集非常重要，特别是书前的《序》，对诗人的创作经历、诗歌经验及艺术追求进行了总结，也真诚袒露了其内心深处的矛盾和痛苦。

这本知堂藏书的扉页上还留有墨笔题字，今迻录如下：

志摩飞往南京的前一天，在景山东大街遇见，他说还没有送你《猛虎集》。今天从志摩的追悼会出来，在景山书社买得此册。

二十年十二月六日　岂明

之后又押了一枚白文方形的"作"字印。这方小印，颇得知堂喜爱，他的许多藏书都盖有这方印，其来历在《知堂回想录·自己的工作（四）》中有过交代："我曾利用汉砖上的一个'作'字，原有外廓方形，将拓本缩小制为锌版，其古趣可以相比。"

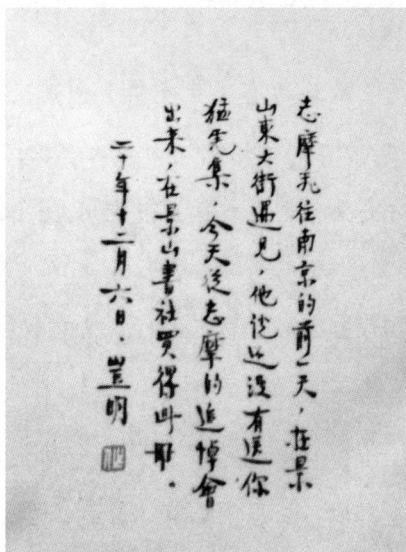

《猛虎集》扉页上的知堂手迹

这则题记文字不多，但怀念之殷表露无遗，而且内容完整，独立成篇，可视为知堂小品，理应补入《周作人集外文》，然而这里有一问题，即题记中的文字又见于他的《志摩纪念》，文中仅把"买得此册"的"册"字改为"书"字，以及缺少后面的时间和签名，为稳妥计，当以不收为好。

至于这册书是何时到的鲍耀明手上，在二人的通信集中有记载——

1965 年 1 月 14 日知堂致鲍耀明信中云：

敝处适有《猛虎集》一册，系徐志摩所著，此人大有名望，《五四文坛点滴》大为赏识，但我因不懂新诗，故看不出好处来，留在我这里没有用处，便以奉寄。

同年的 1 月 26 日鲍耀明回信云：

今日收到《猛虎集》一册，谢谢。惟此书扉页有先生题字，似不应据为己有，暂且保管，一俟用命，当即奉还也。

通信中提到的《五四文坛点滴》，是学者赵聪的一本研读新文学的专著，内收一组关于徐志摩的文章，评价甚高，而知堂并不认同，故有"看不出好处来"，这也与他写于 1931 年 12 月的《志摩纪念》中所说"志摩的诗，文，以及小说戏剧在新文学上的位置与价值……已经很够不朽"的话，有了明显转变。

鲍耀明的"暂且保管"当然是句客套话，这册知堂题字本最终作为拍卖品出现在了 2012 年秋季的北京嘉德拍卖会，而且换了新的主人。

2015 年 12 月 15 日

知堂遗札一通

1931 年 4 月 13 日北平出版傅芸子主编的《北京画报》刊有一通周作人致郑颖孙短札，此信未见收入已出版的周氏各种作品集，兹录如下：

颖孙兄：

近来买到两张日本的"雅乐"唱片，明日如有暇可请来听，但虽云有唐代风味，仍恐难免"思卧"耳。匆匆。

四月四日，弟作人启

短札未标年份，查大象版《周作人日记》，1931 年 4 月 4 日之前的日记中未见有购买日本"雅乐"唱片之记载，未见于某年的 4 月 4 日有致郑颖孙信，也未见之后郑来欣赏唱片，

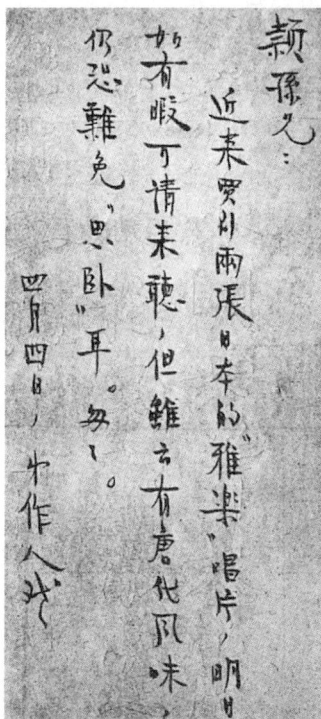

《北京画报》上的周作人致郑颖孙短札

故这封信写于何年暂无法确定，若允许悬测的话，我以为当写于1930年前后。

我不懂音乐，对日本雅乐更是不懂。查《不列颠百科全书》，得知雅乐"最早于五世纪由高丽传入日本，至八世纪成为约定俗成的宫廷传统。九世纪时，日本把北亚、中国、印度、东南亚及其本国音乐组合在一起"，分两大类，一为唐乐，一为高丽乐，"合奏中所用的笛和主要的鼓有所不同，而且高丽乐不用弦乐器"。"这些古代形式经过历史上的种种沧桑变化仍能延续至今，这足以让人们洞察一千年前东亚音乐与文化生活的大致特点。"

知堂在欣赏了这两张唱片后，留下两点印象，一是似有唐代风味，另一个即是"思卧"。

何为"思卧"？清人李渔《闲情偶寄·演习部》之"别古

今"中有云："演古戏如唱清曲，只可悦知音数人之耳，不能娱满座宾朋之目。听古乐而思卧，听新乐而忘倦。"李渔说的是旧剧、新剧，知堂借用此典旨在谈自己的感受。

对于音乐，知堂后来写过一篇《国乐的经验》，起笔即讲，"我是不懂音乐的，国乐也在其内"，若照这个思路写下去，恐怕也就写不成了，此时显示出他腾挪趋避驾驭文章的功夫，一步步地转移话题，从"国乐的经验"到"听的经验"，再到"听不懂的经验"，最后变成"听古琴的经验"，举了两个"听"的例子后，得出"也总不知道它是怎么好"，"因为不懂古琴总是不大名誉的。俗语不是有一句对牛弹琴的话么，可见只有牛才不知道琴的好听，可是我实在不能懂得"。

"思卧"也好，自损为"对牛弹琴"也罢，知堂不精音乐一道恐怕也是实情。

至于郑颖孙与周氏之交往，所见史料不多，除这封信外，上面《国乐的经验》中提到"听"的两个例子中，有一次即是听郑颖孙演奏古琴。近年偶见有人文章中提到郑颖孙，大都称他为古琴收藏家，这没错，但私以为还不全面，他取得的成就是多方面的，容以后有机会写一写。

2015 年 11 月 20 日

《爱眉小扎》

1931 年 11 月诗人徐志摩因飞机失事不幸罹难后，他的学生赵家璧，为纪念恩师，便同陆小曼合作，计划由良友图书公司出版一部十卷本的《徐志摩全集》。此事正顺利进行时，突遭胡适插手，他认为同商务印书馆相比，良友终究是小出版社，建议此书改由商务出，并说已征得商务的总经理王云五同意，出版前还可先预支一大笔版税。小曼的生活当时确有困难，又急需钱，遂答应了胡适。在这件事上，不好说谁对谁错，胡适的做法可能欠妥，但小曼毕竟收下了预支的一千元版税，唯独苦了赵家璧，向志摩的旧友征集书信，收集志摩文稿等诸多工作，都是由他来做的。为安慰这位年轻的编辑，陆小曼便从全集中抽出了日记集《爱眉小扎》，因字数不足，又把同一时期自己写的日记拿出，连同志摩给她的书信，统以《爱眉小扎》为名，交给赵家璧，作为"良友文学丛书"之一出版。

《爱眉小扎》出版于 1936 年 3 月，正文前有陆小曼序，她说："今天是志摩四十岁的纪念日子，虽然甚么朋友亲戚都不见一个，但是我们两个人合写的日记都已送了最后的校样来了。"接着转述当初徐志摩对她说的话："不要轻看了这两本小小的书，其中哪一字哪一句

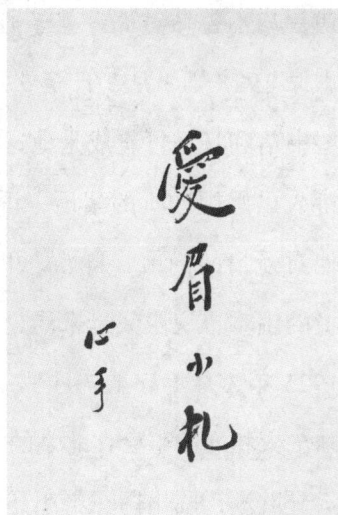

《爱眉小扎》书名页

不是从我们热血里流出来的。将来我们年纪老了，可以把它放在一起发表，你不要怕羞，这种爱的吐露是人生不易轻得的!"话说得虽有些伤感，也能看出他们是极为看重恋爱时写下的那些文字的。

　　书中的日记集《爱眉小扎》收入徐志摩 1935 年 8 月 9 日至 31 日在北京和 9 月 5 日至 17 日在上海的二十六篇日记。那时徐志摩已同张幼仪离婚，与陆小曼正苦苦热恋着。小曼名"眉"，在徐志摩看来，这日记正是送给小曼的一种礼物，他说："去年（指 1925 年）的 8 月：在苦闷的齿牙间过日子；一整本呕心血的日记，是我给眉的一种礼物，时光改变了一

切，却不曾抹煞那一点子心血的痕迹。"《志摩书信》收入徐志摩 1925 年 3 月 3 日至 5 月 27 日的十一封书简。无疑，这些书信和日记可看成是他这一段时期情感生活的记录。文中，诗人以娓娓动听的絮语，诉说了对小曼的相思之情，倾吐着他对爱情的剖白。自然，里面也写到他如何希望小曼克服环境的困难，说服父母来同自己结合。《小曼日记》收入陆小曼 1925 年 3 月 1 日至 7 月 17 日的二十二篇日记。这之前，徐、陆二人相恋的事已在北京的社交界传开，徐志摩为避免尴尬才远赴欧洲，临出国在给小曼的信上写道："我想要你写信给我，不是平常的写法，我要你当作日记写，不仅记你的起居等等，并且记你的思想情感。"如此说来，小曼是在完成诗人交给的任务。日记中，或宣泄她精神上的痛苦，或抒遣其对志摩的思念，同时也写下了对父母的埋怨，对丈夫王赓的不满，她向诗人表白："一颗热腾腾的心还留在此地等——等着你回来将她带去呢！"此外，本书还收有八幅二人的照片及手迹，也是值得珍视的资料。

徐、陆的恋爱，当年在社会上很是轰动，支持的、批评的、反对的，各种声音都有。还是老同学郁达夫最理解徐志摩，在《怀四十岁的志摩》一文中写道："他和小曼的一段浓情，在他的诗里、日记里、书简里，随处都可以看得出来，若在进步的社会里，有理解的社会里，这一种事情，岂不是千古的美谈？忠厚柔艳如小曼，热烈诚挚若志摩，遇合在一道，自然要发放火花，烧成一片了，哪里还顾得到纲常伦教？更哪里还顾得到宗法家风？当这事情正在北京的交际社会里成话柄的时候，我就佩服志摩的纯真与小曼的勇敢，到了无以复加。"这是颇具卓识的见解。

徐志摩夫妇蜜月留影

良友初版的《爱眉小扎》，黑漆布面精装，米色道林纸印，三十二开本，初版印三千册，7月旋即再版，又印两千册，并且还印过一百册线装本，这一印再印，如此为读者所重，究其原因，恰如鲁迅先生在《孔另境编〈当代文人尺牍钞〉序》中指出的那样："一个人的言行，总有一部分愿意别人知道，或者不妨给别人知道，但有一部分却不然。"日记或书信应是写给自己或一两个人看的，正是不愿让别人知道的，有些日记在写的时候即预备将来要出版的当算作例外。而一般人的心理是偏乐于探知这些不愿别人知道的秘密的。徐、陆二人在《爱眉小扎》中毫无遮掩地暴露了自己的恋爱史，写得又那么坦率，因而其畅销也就不足为奇了。

2002 年 3 月 20 日

《杂拌儿》两书

    日前在书友家观书见到一册俞平伯先生的《燕郊集》，它不是收入"良友文学丛书"中漆布面精装的那种，而是特印本。我猜想，大概这是作者当年委托出版社特别印制的，数量不会多。这本书由俞先生自题书名，纸面平装，大三十二开，白色重磅道林纸印，显得朴实厚重，就装帧看，与俞平伯的两册《杂拌儿》相似。《燕郊集》我求访多年未得，《杂拌儿》两书却是有的，看到《燕郊集》，不免会想到《杂拌儿》。

    《杂拌儿》与《杂拌儿之二》，均由开明书店出版，钱玄同题签。《杂拌儿》初版于 1928 年 8 月，收文三十二篇，叶圣陶代为本书的校

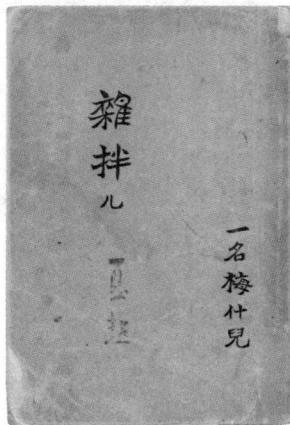

《杂拌儿》，上海开明书店 1930 年 9 月第三版

对。据孙玉蓉在《俞平伯年谱》中介绍，这校对的清样，至今还保存着，在清样的封面上叶先生题道："8 月 6 日校毕。先寄作者，俾知其情感思维，今成如是之式样矣。"《杂拌儿之二》初版于 1933 年 2 月，收文二十九篇。关于《杂拌儿》的命名，周作人在本书《题记》中说道：

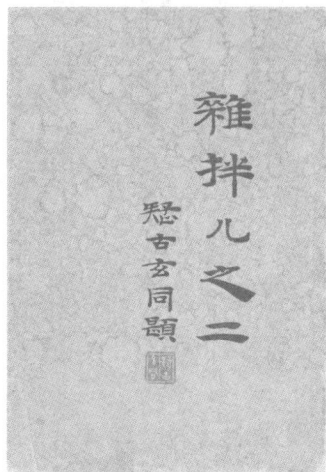

《杂拌儿之二》，上海开明书店
1933 年 2 月初版

北京风俗于过年时候多吃杂拌儿，平伯取以名其文集。杂拌儿系一种什锦干果，故乡亦有之，称曰梅什儿，唯繁简稍不同，梅什儿虽以梅名，实际却以糖煮染红的茭白片和紫苏为主，半梅之类乃如晨星之寥落，不似杂拌儿之白瓜子以至什么果膏各种都有也。平伯借它来做文集的名字，大约是取它杂的意思。

这里已把《杂拌儿》的命名解释得很清楚了，周作人还说在自己的故乡（指绍兴）也有杂拌儿，称作梅什儿，故钱玄同为本书题写的封面，又写了"一名梅什儿"。

《杂拌儿》两书，名实相符，确是够"杂"。收入的作品，细分起来：有游记，有随笔，有抒情小品，有序跋，有书信，有杂感，有考据，有祭文，还有诗。有的文章用白话文写，有的是用文言文来写。书中的某些篇什堪称是俞平伯散文代表作，如他与朱自清游秦淮河后相约写下的同题散文《桨声灯影里的秦淮河》，以及《陶然亭的雪》等等。即便是那些考据文章，我们读起来也并不感到枯燥，用周作人的话讲，那"与别的抒情小品一样是文学作品"，如在《与绍原论祓》中，对"祓"这种降神驱鬼、送恶迎祥的法术，俞先生摘引了古书上大量例子，娓娓道来，指出这种有着迷信色彩的法术，怎样才慢慢变成为一种民间习俗。文章写得细致严谨，读者也在饶有趣味的阅读中增长了知识。

对于《杂拌儿》中的作品，周作人作过这样的评论："现代的散文好像是一条湮没在沙土下的河水，多少年后又在下流被掘了出来；这是一条古河，却又是新的。我读平伯的文章，常想起这些话来。"（见《杂拌儿·题记》）意思即是说俞平伯散文既是旧的又是新的。说到旧，因俞平伯出身于书香世家，从小在曾祖父俞樾身边接受中国传统教育的熏染，他自己又喜爱晚明小品，散文创作和明人小品自有其相似之处。但俞平伯毕竟经历过新文化运动，又出过洋，受到过科学洗礼，从写作技巧上看还是现代的，创作的依然是典雅的白话文，这又是新的。

开明书店版的《杂拌儿》两书，作为新文学早期的出版物，已不容易见到。前些年江西人民出版社重印了它们，并收入"百花洲文库"第二辑。施蛰存先生在《重印〈杂拌儿〉题记》中说："'百花洲文库'之所以重印旧书，本来是为了保存些新文学文献，读者自然应当把它们放在文学史的地位上来看待。至于今天的青少年，从来没有见过五十年前的新文学作品，他们对于重印的旧书，也许会像我当年一样，有新的感觉。因为见惯的东西，都是旧的；初见的东西，总是新的。文学史上有'万古长新'的名著，大概正是对一代一代新的读者而言。"诚如斯言，这新印的两书，的确为读者在阅读上提供了便利。但也应该指出，这个新印本，并没有把原作全部收入，而是遵照俞先生意见，删去了六篇文章。如果普通读者阅读，删掉几篇也无妨，若研究人员以这个本子做研究工作则须小心了，因为删掉的文章或许正反映着作者一定时期的思想状态。比如那篇《雪耻与御侮》，此文写于"五卅"事件发生不久，反映了俞先生对"五卅"运动的错误认识，1925 年 6 月该文在《语丝》上一经发表，即引起过争论，郑振铎连续写了几篇文章，批评俞平伯的观点。数十年后，俞平伯在回忆这段经历时说："'五卅'运动之后，我和振铎曾打过一场笔墨官司……我那时的看法，认为必先自强，然后能御侮；振铎之意恰相反，他认为以群众的武力来抵抗强暴才是当务之急，切要之图。现在想起来，当然，他是对的。他已认清了中国的敌人是帝国主义，而其时正在逐渐地沉没在资产阶级学者们的迷魂阵里。"(《忆振铎兄》)我们看到，这样一篇代表一定历史时期作者真实思想的文章已从新印本删去，它也就反映不出作者思想变化的轨迹了。因而新印的《杂拌儿》两书，其史料价值大大降低了。

寒斋那两册《杂拌儿》，我先是从旧书店买到了《杂拌儿之二》，这是十年前的事，当时标价四十五元，价不低，考虑到书品好，又是初版本，机会难再，最终还是买了。有这一册，就想配成全套，又开始寻找那《杂拌儿》。但十年来搜寻的结果，总是失望。2003 年"非典"时期，听书友讲，网上有旧书拍卖，上网一看，竟发现了追寻已久的《杂拌儿》。虽然已是第三版的印本，书品略差，可也顾不了这些了，到真正竞拍时，不知是我书缘好，还是别人不重视它，遂以底价一百元买了下来。现在想想，若当时有人竞争，此书能否归属于我就难说了。

2005 年 4 月 27 日

徐蔚南的《春之花》

　　中国的小品散文创作有着悠久的历史，古代的姑且不论，仅就"五四"以后的成果来说，也颇为可观。鲁迅在论述这一时期的创作时曾讲："散文小品的成功，几乎在小说戏曲和诗歌之上。"这一时期涌现出了鲁迅、周作人、郁达夫、朱自清等小品文创作的大家，此外还有不少特色鲜明的作家，同样以自己的创作实绩，丰富着小品文这块园地，徐蔚南即是其中一位。

　　徐蔚南1900年生于江苏吴县，早年曾留学日本，回国后加入过柳亚子组织的新南社，1925年又加入了文学研究会。20世纪30年代初期他到世界书局任编辑，主编了较有影响力的"ABC丛书"。后到上海通志馆任编辑部主任，其间撰写了多篇介绍上海风俗地貌的文章，编入《上海研究资料》一书。新中国成立后，他就职于上海市文化局，1952年去世。

徐蔚南的文学活动是多方面的。他熟悉法国文学，翻译过法朗士、莫泊桑等人的作品；创作上，他出版过《奔波》《都市的男女》等小说集。而最能代表其文学成就的私以为还是小品文。

　　作者最初的小品集，是与王世颖合著的《龙山梦痕》一书，1926年由上海文学周报社出版。这是两人于1924年在客居绍兴的八九个月中，游历了当地的众多名山胜水，回来后，各自写的十篇游记小品的结集。徐蔚南的十篇，以轻灵的笔墨，细致地描绘当地的山川风物。1935年周作人在编选展示新文学第一个十年创作成果的《中国新文学大系·散文一集》时，从中选收三篇，其中的《快阁的紫藤花》，当年即是人们钟爱的名篇。同样以三篇作品入选的还有梁遇春，今天梁遇春未被人们遗忘，出版了散文全集。徐蔚南则颇为寂寞，很少有人再提起他了。

　　继《龙山梦痕》后，作者于1929年由世界书局又出版了《春之花》，我手边的这册已是1932年10月的第三版，三十六开本，封面淡雅，绘的是彩蝶扑枝，衬以花叶，倒也与"春之花"切题。书中连序、跋在内，共收文十二篇，其中有些属于杂感。《情书》一篇即是针对当时在青年中广为流行的章衣萍等人所写的情书等一类，指出"在我看来，却觉得只是写出一点爱情的皮肉罢了，至多是低级的伤感的呐喊，实在有点无聊"。《妇女的品位》一篇则表明了他对妇女问题的关注。书中更吸引我的还是那些抒情小品，比如《春之花》一文，笔致清新，行文委婉，先赞美江南春色的美丽，并说其美丽是靠花点缀的，然后着重写在江南普遍种植的桃花和菜花，说它们"一则是粉红，一则是金黄，一则像美女，一则像黄金"，进而引申出江南人如果"先迷失于桃花源中，昏醉于菜花园里，失去了自己的精力，那就是毁灭自己并破坏自己的江南"。最后告诫人们"要爱护光大我们的春之花，我们便应得沸腾起热血，鼓足起精神"，"而一往无前奋战出去"。这篇不足千字的短文，立意新颖，格调高迈。《莫辜负了秋光》同样是篇佳作，文中写道，"秋天是一个美好的季节，是一个美术的季节"，最后呼吁"我们大家起来努力跃进，就在这1926年美术的季节里开始创造充满着

《春之花》，1932年10月第三版书影

美、充满着爱，并且康健，并且悦乐的生活"。整篇作品充满着蓬勃向上的进取精神。在同时代的小品文创作中，这样的文章并不多见。

徐蔚南的小品文创作，数量不多，但他是一位有着鲜明创作个性的作家，不该被遗忘。我只读过他的《龙山梦痕》《春之花》，据说他还出版过一册《乍浦游简》，也是小品集吗？倒一直想读读呢。

2004 年 5 月 2 日

卞之琳诗悼徐志摩

　　1931 年 11 月 19 日，徐志摩因坠机罹难，消息证实后，他的友朋纷纷撰文悼念，《新月》《诗刊》《北平晨报》等很快出版了纪念专号，直至一周年忌日、二周年忌日，报章上还时见刊载追怀性诗文。这些至情至性的文字辑录成书的，我即看到两部，一部是 1970 年 1 月台湾光明出版社列为"光明文库"第二十八种出版的《诗人徐志摩》，另一部为 1992 年 7 月百花文艺出版社出版的《朋友心中的徐志摩》。此外，1988 年 1 月陕西人民出版社出版的《徐志摩研究资料》中也有部分收录。这种带有打捞史料性质的辑录需要大量的时间与精力，还得有耐得住寂寞的精神，我业余时间也做一点这方面的工作，深知此中甘苦。当然，很难一次做到收录齐全，遗漏在所难免，好在逐步充实，将来达到完备并非不可能。在此我补充一首卞之琳的悼诗。

徐志摩可称卞之琳的业师，虽时间不足一年。1929年卞之琳考入北京大学西语系，第二年秋徐志摩受北京大学文学院院长胡适邀请，于1931年初从沪来平，在北大授英诗一课，由此卞之琳正式成为徐志摩的学生。其实，若说受徐志摩影响，可再早推几年。1925年卞之琳在乡下上初级中学时，便邮购到《志摩的诗》初版线装本，用卞的话说"这成为他读新诗的经历中的一大振奋"。而他的早期诗作，很得徐志摩赏识并极力推介。卞之琳曾回忆："大概是第二年（按：指1931年）初诗人徐志摩来教我们英诗一课，不知怎的，堂下问起我也写诗吧，我觉得不好意思，但终于老着脸皮，就拿那么一点点给他看。不料他把这些诗带回上海跟小说家沈从文一起读了，居然大受称赞，也没跟我打招呼，就分交给一些刊物发表，也亮出了我的真姓名。"（《雕虫纪历·自序》，人民文学出版社1984年6月出版）之后徐志摩还屡索诗作，1931年5月25日致卞之琳信有言："诗收到，以后如有，陆续寄我。"同年6月17日信又说："《诗刊》第三期我在动手编，要你至少三四首。""在十日半月内，我盼望你有新作给我，请努力一下。"正是由于徐志摩的提携，卞之琳走向了文坛。而卞之琳是个很重感情的人，屡屡提及徐志摩对自己的帮助并高度评价他对中国新诗所做的贡献。1941年当徐志摩逝世十周年之际，卞之琳编选自己的《十年诗草》，在《题记》中写道："为了私人的情谊，为了他对于中国新诗的贡献——提倡的热忱和推进技术底于一个成熟的新阶段，以及为表现的方法开了不少新门径的功绩，而把我到目前为止的诗总集（我不认为《十年诗草》是我的诗选集）作为纪念徐志摩先生而出版吧。……我算是向老师的墓上交了卷。"1979年9月他在《诗刊》上发表《徐志摩诗重读志感》一文，称赞徐志摩的诗"不论写爱情也罢，写景也罢，写人间疾苦也罢"，"简单化来说，总还有三条积极的主线：爱祖国，反封建，讲人道……实际上还是可贵的东西"。1982年6月，他为人民文学出版社出版的《徐志摩选集》写的序中，再次称颂徐志摩"以他的创作，为白话新体诗在一般读者里站住脚跟，作出了一份不小的贡献"，"对于新文学的成长、巩固和发展有所推动，有所建树"。由此引燃了新时期的"徐志摩热"。

卞之琳这首哀悼徐志摩之作题为《黄昏念志摩先生》，刊于1934年2月6日出版的《华北日报》副刊《每周文艺》第九期，未见收入卞之琳各种作品集。《每周文艺》创刊于1933年12月5日，每周二出版，来稿由华北日报社接收并转交每周文艺社。这份刊物大概是由朱企霞主编的；因发刊词现已收入《朱企霞文集》（2005年昆仑出版社出版）。至1934年

3月20日止，它共出版十五期。撰稿人有何其芳、李广田、邓广铭、刘小蕙、南星、智堂（周作人）、废名、林庚、俞平伯、李长之、伯上（周丰一）、徐芳等，特别应该指出的是，不少作家的作品均初载于这份周刊，如废名的《〈古槐梦遇〉小引》、臧克家的《〈烙印〉再版后志》等，也可修正某些流行

刊发卞之琳诗作的《华北日报》副刊《每周文艺》第九期

说法。捎带再说一句，除这首悼诗，1933年12月12日《每周文艺》第二期还刊有卞之琳的《秋窗》一诗，已收入他的《音尘集》。兹将《黄昏念志摩先生》抄录如下：

悲哀付与暮天的群鸦，

也罢。可是为什么

抽着烟卷儿看烟丝的

总又要怅望到窗外的云天去？

问你飞去了的人。

飞去了一团火，一股青春，

可不是！你知道，你在挥

一挥衣袖后边的朋友

二年来该谁也加重了二十岁，

不然为什么在这种黄昏天

就卷缩到屋角里的炉边去

瞌睡，像一只懒猫……

这是我，从前被你笑过的，

他这一向可真有了成就：

如今不再害羞了，他会说

"先生看，我总算学会了抽烟了。"

二十二年十一月二十二日

志摩先生逝世二周年后五日

按，诗末标注"志摩先生逝世二周年后五日"的写作日期有误。徐志摩是两年前的 19 日那天罹难的，卞之琳应该不会记错这个日子，逝世后五日是 24 日，这里写 22 日，私以为"五日"当为"三日"，或系手民之误。

有诗评家说卞之琳的诗晦涩难解，称其是像"谜一样的诗"，然而这首并不晦涩，虽然是悼诗，作者却恰当地克制情感，灵活地运用口语，选择了带有戏剧性的情景设置，很好地实现了他在《雕虫纪历·自序》中自许的"常用冷淡盖深挚，或者玩笑出辛酸"的诗学风格。这里仅作点背景提示：第一，诗中第一句"悲哀付与暮天的群鸦"，是借用徐志摩《去吧》一诗中的原句。"群鸦"，卞之琳写过《群鸦》一诗，且他的第一部诗集名字就叫《群鸦集》，由徐志摩、沈从文编订并推荐出版，《新月》杂志当年做过出版广告，只是后来遇到"九一八""一·二八"，未能出版。此事卞之琳在《我的"印诗小记"》（见《我与文学》，1934 年 7 月生活书店出版）一文中说得很详细，这里是在使用今典。第二，诗中的"懒猫"同样使用了今典，志摩爱猫是出了名的，他去世后，1931 年 12 月 14 日天津《大公报》的《文学副刊》上刊发了胡适的一首《狮子（悼志摩）》，对"狮子"，胡适还加了一个注释："狮子是志摩住我家时最喜欢的猫。"另外，韩湘眉在悼文《志摩最后的一夜》中，写到她送过徐志摩一只猫，名"法国王"，后徐志摩到北大教书，又被韩索了回来。何家槐在悼文《怀志摩先生》中写到徐家访问时，徐志摩"旁边蹲着他最疼爱的猫——那纯粹的诗人"，指的就是这只"法国王"。

2014 年 5 月 2 日

林徽因的佚诗及其他

　　被誉为"一代才女"的林徽因是在 20 世纪 30 年代初期步入诗坛的，因与新月诗派主将徐志摩的特殊关系，她的创作显然受到徐志摩的影响。她最早刊发诗歌是在徐志摩主编的《诗刊》第二期，以"薇音"为名发表了《谁爱这不息的变幻》，以"尺棰"为名发表了《仍然》《那一晚》。随后的《新月》《大公报·文艺副刊》《学文》《文学杂志》等刊物也时有诗篇登载，可惜诗人生前未能出版一部诗集。1937 年 2 月戴望舒等编辑的《新诗》第五期，曾刊出她将出版诗集的广告，但诗集的出版也因抗战全面爆发而未能实现，她的大部分文字已湮没于旧时的报刊之中。

　　近些年，林徽因的作品逐渐引起了重视，1985 年和 1992 年人民文学出版社相继出版了《林徽因诗集》《中国现代作家选集·林徽因》，1999 年 2 月百花文艺出版社又出版了林徽因之子梁从诚先生编辑的《林徽因文集》，该书不久又再版，今天在书店见到的已是第三次的印刷本了，可见读者对她作品的喜爱。梁先生在此书的《再版编叙》中说，"'百花'这个集子可能是目前搜罗林徽因各类文字最为齐全的了"，但它并未以"全集"名之，显然是考虑到可能会有作品遗收，这与时下动辄冠以"全编""全集"，实际却有较大出入的某些出版物相比确是明智之举。其实编全又谈何容易，前不久我从购得的一张旧报上，意外地发现了两首《林徽因文集》漏收的诗作，现提供出来，为文集作些补充。

林徽因的这两首诗刊于 1947 年 1 月 4 日天津出版的《益世报·文学周刊》，一名为《孤岛》，一名为《死是安慰》，现抄录如下：

孤岛

遥望它是充满画意的山峰

远立在河心里高傲的凌笋

可怜它只是不幸的孤岛——

天然没有埂堤，人工没搭座虹桥

他同他的映影永为周围水的囚犯；

陆地于它，是达不到的希望！

早晚寂寞它常将小舟挽住！

风雨时节任江雾把自己隐去。

晴天它挺着小塔，玲珑独对云心；

盘盘石阶，由钟声松林中，超出安静。

特殊的轮廓它苦心孤诣做成，

漠漠大地又哪里去找一点同情？

死是安慰

个个连环，永打不开，

生是个结，又是个结！

　　死的实在，

　　　　一朵云彩。

一根绳索，永远牵住，

生是张风筝，难得飘远，

　　死是江雾，

　　　　迷茫飞去？

长条旅程，永在中途，

生是串脚步，泥般沉重——

　　　死是尽处，

　　　　　不再辛苦。

一曲溪间，日夜流水，

生是种奔逝，永在离别！

　　　死只一回，

　　　　　它是安慰。

刊登林徽因诗作的《益世报·文学周刊》

熟悉林徽因作品的读者知道，她的诗大都创作于 20 世纪 30 年代，这些诗或抒发对爱情的感受，或表达对自然的赞美，写得清莹婉丽。抗战后，林徽因与逃难的人流一起辗转于西南各省，旅途的劳顿，生活的穷困，恶劣的气候，都侵蚀着她的身体。她的肺病复发了，日日与药罐为伴，她甚至想到过死，在致友人费正清的信中曾写道："我很可能活不到和平的那一天了（也可以说，我依稀间一直在盼着它的到来）。我在疾病的折磨中就这么焦躁烦躁地死去，真是太惨了。"也许是受这些原因的影响，在 40 年代，林徽因创作的诗并不多，新发现的这两首，匀称典雅的形式中蕴含着某种哲理，但它更多的是传递出一种孤独、感伤的情绪，似乎让人们看到了"一代才女"在死亡威胁的痛苦中呻吟着的一颗灵魂。因而，这两首诗对探讨诗人当年的心态和创作无疑具有重要意义。

刊登林徽因佚诗的《益世报·文学周刊》由沈从文先生主编，每逢周六出版。那时沈从文先生刚刚结束西南联大的生活，回北平后，除继续受聘于北大中文系外，还先后接任了天津《益世报·文学周刊》、北平《平明日报·星期艺文》的主编。利用这些阵地，沈先生发现和培养了不少文坛新人。在我得到的这张《益世报》上，即刊发了青年诗人郑敏、袁可嘉、金隄、李瑛的作品。对于这批文坛新人，沈从文先生在《新废邮存底》中有过介绍："……读者可想不到在刊物上露面的作者，最年青的还只有十六七岁！即对读者保留一崭新印象的两位作家，一个穆旦，年纪也还只二十五六岁，一个郑敏女士，还不到廿五。作新诗论特有见地的袁可嘉，年纪且更轻。写穆旦及郑敏诗评文章极好的李瑛，还在大二读书。写书评文笔精美见解透辟的少若，现在大三读书。更有部分作者，年纪都在二十以内，作品和读者对面，并且是第一回！"引文中提到的"少若"即吴小如先生。这些文坛新人当年与沈从文并无什么私交，是沈从文发现了他们，并予以提携。撇开沈先生在文学创作方面的成就不论，即便在编辑岗位上，他也为我国新文学的发展做出了重要贡献。

2001 年 10 月 2 日

《新诗杂话》的杂话

　　《新诗杂话》是朱自清先生的一本谈诗随笔集，1947年12月由作家书屋出版。关于本书的写作缘起，作者在序里交代说："后来抗战了……很少机会读到新诗，也就没有甚么可说的。三十年在成都遇见厉歌天先生；他搜集的现代文艺作品和杂志很多，那时我在休假，比较闲些，厉先生让我读到一些新诗，重新引起我的兴味。秋天经过叙永回昆明，又遇见李广田先生；他是一位研究现代文艺的

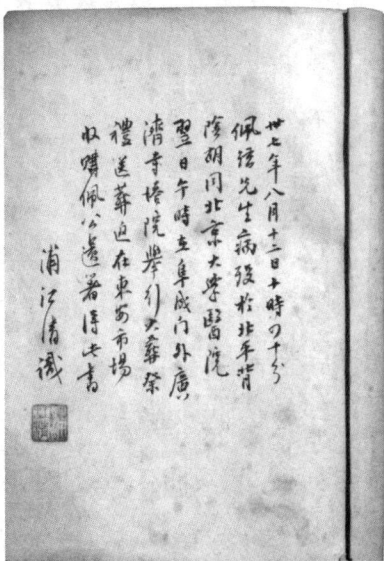

《新诗杂话》扉页上的浦江清手迹

作家，几次谈话给了我许多益处，特别是关于新诗。……他鼓励我多写这种'杂话'。"于是朱先生陆续写了十二篇，加上战前的两篇及译作一篇，总题为《新诗杂话》，1944年7月就把书稿交给了姚蓬子主事的作家书屋，到10月作序时，已大体编定，只待出版了。

谁知此后的出版颇为曲折。李广田在《最完整的人格》一文中写道：

这本书的编定在三十三年十月，书稿交出后便石沉大海，中间一度传说稿子已经被书店失落了，朱先生常常提到这件事，现出非常伤心的神色，以为这本书再也不会与世人相见了，不料事隔三年有余，书竟然出版了；他喜出望外，在目录后的空页上题道：

盼望了三年多，担心了三年多，今天总算见到了这本书！辛辛苦苦写出的这些随笔，总算没丢向东海大洋！真是高兴！一天里翻了足有十来遍，改了一些错字。我不讳言"爱不释手"。"邂逅相遇，适我愿兮！"说是"敝帚自珍"也罢，"舐犊情深"也罢，我认了。一九四八年一月二十三晚记。

在这段短短的题字里一连用了四个惊叹号，第一行上边盖了一个"邂逅斋"的闲印，最后一行下边盖了一个"佩弦藏书之钤"，大概太高兴，高兴得手忙脚乱，第二个图章竟然盖倒了。

本书论述的范围颇广，首篇《新诗的进步》一文，通过阐述自由派、格律派、象征派诗歌的变化发展，以及新诗社会主义倾向的出现，指出新诗在不断进步着，同时希望人们将诗的定义放宽些。在《诗与哲理》《诗与感觉》《北平诗》《爱国诗》等文中，对冯至、卞之琳、马君玠、闻一多等人的诗作了评价。另外，在《真诗》等篇中还对诗的写作规律问题进行了探讨，并表明了自己的意见。

这样一册内容丰富、著者如此偏爱的书，它的初版本今天已不易寻。我的那册是多年前以不菲的代价从书贩手中得来的，而且还是著名文学史家浦江清先生的藏本。浦江清1929 年到清华大学中文系任教后即同朱自清有了密切的交往，在他们的日记中记载了不少两人交往的史事及诗词唱和，二人可称为挚友。我收藏的这册书的扉页上还留下了浦先生用墨笔写的一则题记：

卅七年八月十二日十时四十分，佩弦先生病殁于北平背阴胡同北京大学医院。翌日午时，在阜成门外广济寺塔院，举行大葬、祭礼、送葬。返，在东安市场收购佩公遗著，得此书。

浦江清识

这则题记交代了朱自清先生逝世的时间、地点、葬礼大致过程及作者得此书的经过，具有一定的史料性。朱自清的葬礼是在秋雨中进行的，兴许是想排遣一下心头的悲哀，葬礼之后，浦江清冒着秋雨走访了书肆，当无意中见到老友的遗著时，他一定要购买一册，买到了书，就如同朱先生又回到了自己身边。

1948 年 8 月 16 日朱自清治丧委员会决定整理出版《朱自清全集》，浦江清任主编，他全力投入到了编辑亡友遗著的工作中。

1957 年 8 月 31 日浦江清先生逝世了。几天后的北京万安公墓朱自清先生的墓旁，新竖起了一座墓碑，那是浦江清先生的墓，两位老友在这里重逢了。

1998 年 10 月 3 日

《春灯集》签名本

　　现代作家中，我对沈从文先生的作品多有偏爱。时常流连书肆，先后得到过他的《边城》《湘行散记》等几书的初版本。可我总忘不了多年前逛地坛旧货市场，在铺着一块塑料布的乱书丛中，有幸翻出过一册他的《春灯集》。该书1943年由开明书店出版，因是战时出版物，还是用低劣的草纸印刷的。书甫一问世，叶圣陶先生就写了篇精彩的广告词，向读者推荐。他说："作者被称为美妙的故事家。小说当然得有故事，可是作者以体验为骨干，以哲理为脉络，糅合了现实跟梦境，运用了独具风格的语言文字，才使他的故事成了'美妙'的故事。我国现代文艺向多方面发展，作者代表了其中的一方面，而且达到了最高峰。读者要鉴赏现代文艺，作者的作品自不容忽略。"《春灯集》共收六篇短篇小说，因首、次篇是《春》《灯》，该集便命名为《春灯集》。这六篇中，我最欣赏的是《八骏图》，文中写八位教授，他们外表虽然"老成""庄严"，满口也是"道德名分"，实际上却患有严重的心理疾病。其他三篇为《若墨医生》《第四》《如蕤》。

买回此书，于灯下展读时，发现还是签名本，扉页上留下了沈先生一笔洒脱的章草："炳堃同学　从文37年12月　北平孤城"。题字中的"37年"即1948年，这年12月北平已被我解放大军包围，故沈先生有"孤城"之说。那么受书者"炳堃"是谁？杂文家陈子展先生也名"炳堃"，但从题字分析，此书不像是送给陈子展的，沈先生更像是题给

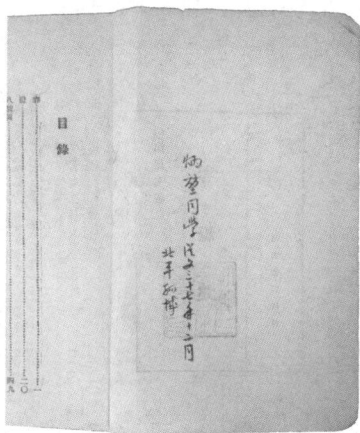

《春灯集》上保留的沈从文手迹

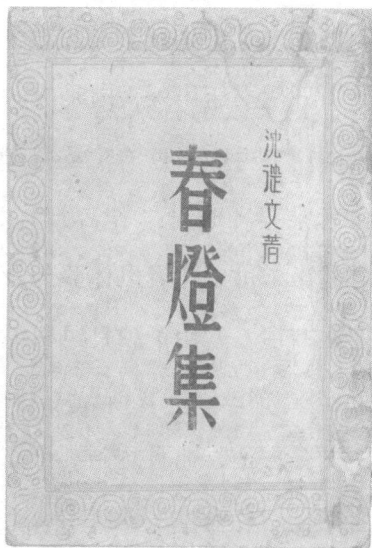

《春灯集》书影

自己门下也名"炳堃"的弟子，抑或当时一个文学青年。这并不是无端猜测，今见《沈从文全集》第十八卷收了一封《致炳堃》信，文字不长，对了解二人的关系很有帮助，现录于后：

炳兄：

　　你有篇文章搁在稿堆中，特检出奉还。这篇文章记得当时曾另复有一个长信，提到些问题，大致说的是文字过于美丽，事过多。照事件看，这文章即有二万字方可安排，且得把抒情气氛节制，扩大叙述能力，可不记得这信寄你了没有？时代突变，人民均在风雨中失去自主性，社会全部及个人理想，似乎均得在变动下重新安排。过程中恐不免有广大牺牲，四十岁以上中年知识分子，于这个过程中或更易毁去。这是必然的。个人悲剧虽多，可不用悲观，社会明日却必然得到进步，年青朋友的知识、经验、热忱，必然可在一个新的发展中，得到多方面使用机会。即写作，为一个新观念而努力，作品又适为新社会需要的，必可得到广大的出路。所以盼同学能把握学习，不取巧，不速成，虔诚其事来认真从事，克服挫折，突过困难，准备为下一代幸福与合理的社会实现而献身！

　　并候学安。

从文顿首　　　十二月廿

从信上分析，这位名"炳堃"者，更像是当时的文坛新人，且与沈从文的关系较为亲近。抗战胜利后，沈从文和原来的京派文友们先后回到北平，为实现文学复兴，他们几乎包揽了所有平津地区有影响力的报纸的文艺副刊。沈从文更是个大忙人，除北京大学的教学外，他还相继主编天津《益世报·文学周刊》《大公报·星期文艺》和《平明日报·星期艺文》，利用这些阵地，他特别注重对青年作者的提携，周围集结了一支年轻的作者队伍，如汪曾祺、吴小如、邵燕祥等等，这位"炳堃"大概也是其中一员。若真是如此，这位弟子是出于何因使老师的著作散落出来，最后它又是怎么沦落到了旧书摊上？如果我们从沈先生那些年的坎坷经历看，他的书不被重视也就容易理解了。在新中国成立前后那段时期，于文坛耕耘多年的沈从文先生，被列为"桃红色"作家、"反动文艺"的代表，当年北大学生甚至还打出"打倒新月派、现代评论派、第三条路线的代表沈从文"的大幅标语，而昔日的朋友也大都疏远了他。1949 年 5 月 30 日他在致夫人张兆和的信上曾沉痛地说，"我似乎完全孤立于人间"，"我总想喊一声，却没有做声，想哭，没有眼泪，想说一句话，不知向谁去说"。他惴惴不安，以致选择过自杀，后虽获救，却从此搁笔，不再从事文学创作，转到历史博物馆做了多年讲解员，再后又转入到对中国古代服饰的研究上。作者的命运既然如此，书的命运也就可想而知了。

关于签名本，著名藏书家姜德明先生曾说："每本有作家签名的书，其散失、流传的经过，我相信都可引出可长可短的故事，看起来琐细，也许包含着深刻的社会背景、时代意义。"诚哉斯言，签名本的价值不仅仅在于名家墨迹珍贵，它或许还记录着一段段往事，甚至是苦涩的往事。

1999 年 4 月 10 日

2018 年 12 月 9 日改讫

禁书一册

　　寒斋藏有一册徐懋庸著的《街头文谈》，书中的某些页赫然盖有一枚圆形的查禁印章，这即是通常称之的"禁书"。照理说，凡这样的书刊，大都在当时属收缴、销毁之列，很难留存下来。我的这册原属北平市立第一中学图书馆的藏书，市立第一中学即如今的北京一中，说不清这书是如何躲过了劫难，时隔半个世纪，还是让我从潘家园旧货市场得到了。

　　徐懋庸20世纪30年代以杂文创作成名于文坛，先后出版了《不惊人集》《打杂集》等，因杂文风格酷似鲁迅，某些作品曾被误认为是鲁迅所作。《街头文谈》为文艺随笔集，1936年5月由上海光明书局出版，正文前有作者"小引"，交代了文章的写作过程："《街头文谈》是我用'力生'这笔名在《新生周刊》上按期发表的通俗文艺讲话。当发表到第十一篇的时候，《新生》便在'妨碍邦交'的罪名之下被禁止了，我的写好的文谈还有两篇不曾登出。隔了数月，《生活知识》创刊，要我投稿，我便寄了那篇稿去……（他们）要我继续写下去。"

本书收文二十八篇，另附四篇翻译作品。《看的能力》《描写的能力》《风景描写》等篇，以通俗的语言讲解创作问题，《作家的主观与社会的客观》《杂谈幽默》

《街头文谈》，光明书局1936年5月出版

二文，对当年文坛上苏汶提出的"主观中心说"、林语堂倡导的"幽默小品"等问题阐明了意见。《我在文学方面的失败》《一个"知识界的乞丐"的自白》等文，则是结合自己的写作经历来论述创作的艰辛。

这样一册以谈创作为主的随笔集，给当时爱好写作的人们提供了不少帮助。谁又能料到，没过多久，因抗战事起，此书竟被宣判为"禁书"，查禁者为新民会调查科。书的命运如同人的命运一样，有时难以让人把握。

唐弢先生在《晦庵书话·禁书之三》中写道：

抗战爆发后，国民党反动派大规模取缔进步书刊，与此同时，在沦陷区，日本法西斯军人也通过汉奸之手，开始制造同样的罪孽。……到了一九三九年，侵略者处心积虑，不惜功本，由所谓"新民会中央指导部调查科"出面，有计划地展开消灭文化的工作。

这里所谓的"新民会"，即是抗战后由在华北的日本参谋部与日本特务机关共同炮制的一个汉奸组织，1937年12月24日在北平成立，王克敏、王揖唐先后担任过会长，实权却掌握在日本人手里。新民会成立后，先后办了《新民报》《新民月刊》等一系列刊物，其宣传活动完全服从于日本侵略者的需要。另外，新民会又通过其下属调查科，经常到学校、图书馆乃至书店、书摊等地去查禁进步书刊。

唐弢先生在文中还谈到，新民会调查科对于被查禁的图书，不是笼统地盖个"查禁反动刊物之章"完事，还在书的封面或封底上打上"禁发"图章，标上查禁原因、日期等。而我得到的这册《街头文谈》，并没有这么详细地标明查禁原因，那它又以何论罪呢？翻检此书，我注意到书中很多处文字已被黑墨所涂盖，如在《对于农民文艺写作的几点意见》

一文中，下列文字已被涂盖，现复原如下：

关于前者，我们已有萧军的《八月的乡村》一书，写着东北的天空和大地的失去，人民的苦难与反抗。

在《中国文艺之前途》中被涂盖的文字是：

街頭文談

徐懋庸 著

光明書局 刊

盖在《街头文谈》书名页上的查禁印章

第一，全国觉悟民众的抗×情绪和行动的反映。

这里的"×"，显然有所定指，不必再多举例了，仅此二例即可看出，凡一切抗日情绪的流露、进步言论的发表，皆为侵略者所不容，因而此书遭查禁不可避免。不过这被涂盖的文字恰恰也为侵略者的文网恶行留下了一个确凿无疑的实证。

中国的新文学是在文网森严的环境下生存、成长和发展的。遗憾的是在现代文坛，究竟何书曾被查禁，至今我们也没有一部详细的目录。当然前辈们也曾做过搜集工作，鲁迅在《且介亭杂文二集》的后记里就录存了 1934 年一次遭查禁的一百四十九种文艺书籍。近年倪墨炎先生在查阅了大量档案材料后，出版了《现代文坛灾祸录》一书，以翔实的材料考证了国民党统治时期的图书查禁情况，提供了许多鲜为人知的、有重要价值的文网史料，只是倪著对日寇侵华时期的这段文网史涉及的还不够。因此，我们期待着一部收录比较完备的"现代文坛禁书目录"能够早日问世。

1999 年 2 月 15 日

林榕的《夜书》

林榕，本名李景慈（1918—2002），是 20 世纪北平沦陷时期活跃于文坛的作家，以创作散文和文学评论为主。其散文集《远人集》于 1943 年 12 月由北京新民印书馆出版，这是一册感情回忆的记录，作者说："我有着对无数远方友人思念的心情，所以常有所感，在寂寞岁月中，遂记下当时的感触。"（《远人集·后记》）此外，作者以楚天阔、林慧文、阿茨、上官蓉等笔名，在报刊上发表了大量的文学评论，一部分结集为《夜书》，1943 年

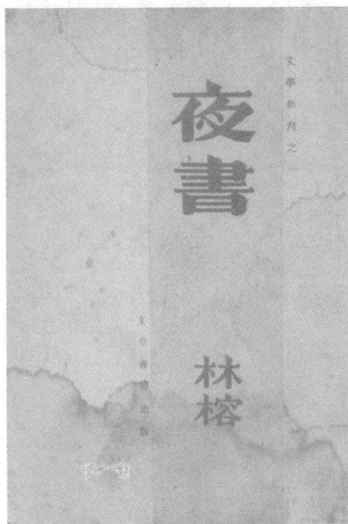

《夜书》，1945 年 6 月由北平文章书房作为"文学新刊"之一出版

曾交给上海太平书局，惜未能出版，1945年6月改由北平文章书房作为"文学新刊"之一发行，还有一部分结集为《文艺小景》，后因故未见出版。

《夜书》收正文十四篇及后记一篇，其写作缘由，作者在后记中说，"有一个时期，我很想做一个专门学者，埋头于学术的研究，那时想整理的是中国戏曲小说史"，"后来这兴趣慢慢转向新文学的资料方面"，"直到现在，我还是抱着这一个志愿，将民国以来的新文学的成绩做一个总结算。近一两年来，兴趣更集中于戏剧上"，"我只愿守自己的一方园地，研究也好，整理也好，总是希望不要让生命在空白中飞逝"。从《夜书》收入的文章看，作者的创作态度是认真的，研究的领域也较为宽阔，文章写得大都翔实有据，不泛泛空谈，有史实、有考证、有见解。《秋月夜》《〈醉翁谈录〉与宋人小说》是对中国古典小说、戏曲的整理与研究。《晚清的翻译》一篇，作者对鸦片战争至民国初年这七十年间的翻译情况作了详尽的介绍，从中窥见在翻译的内容上，我国走的是一条先自然科学，而后社会科学，直至周氏兄弟的纯文学翻译的发展衍化的轨迹。《初期的文学杂志》更是运用大量的史料，论证了初期的文艺杂志始于晚清的政治革新，是为政治服务的，直到五四运动后，才出现真正的文艺杂志。此外，作者对一些理论问题也进行了有益的探讨，如《现代散文谈》中，主要论述了现代散文的代表作家周氏兄弟，作者认为二人的创作皆贯穿着叛徒与隐士的精神，"隐士使散文的境界开拓得深，叛徒使散文的范围延及得广"，现代散文发展的正确道路，就是在简朴与绮丽相结合的文字下，体现出叛徒与隐士的精神。

《夜书》中最为精彩的部分是对戏剧问题的评论。作者对当时出现的一些剧作，如曹禺的《正在想》、鲁思的《蓝天使》、林柯的《沉渊》、夏霞的《寡妇院》等都作了精彩分析和中肯评介，对戏剧的改编，对独幕剧、喜剧、讽刺剧等问题也发表了自己的见解。他还特别擅长采用比较的方法来阐述观点。在《两个〈家〉的剧本》一文中，对几乎同时出现的吴天的《家》与曹禺的《家》这两个剧本，从人物塑造、情节、对原作精神的发挥诸方面进行横向对比，指出吴天改编的剧本，太着眼于原著而多因袭，而曹禺的改编，"他虽根据巴金的小说，而在意义和人物方面都属于自己的独创，他想写出的不是简单的大家庭里的悲欢离合，是更进一步的，把一两个人物的心理表现出来，这是真正在那里去写人生，不是叙故事了"。经过这样的对比，两剧的高低便很分明了。

应该指出的是，《夜书》中的评论文字，某些观点虽不乏真知灼见，但鉴于当时作者处在恶劣的条件下，他在文章中力图回避政治和社会环境的关系，也是不能不察的。

关于文章书房，借此也略作介绍。这一出版机构大约成立于1944年初的北平，由林榕和作家关永吉共同创办。当时他们以西单旧刑部大街十二号租房作社址，由关永吉到北平社会局申请登记，待批准后才正式成立。1944年春，关永吉随沈启无离开北平，去武汉编《大楚报》，出版社实际上由林榕独自支撑。文章书房仅出版发行过"文学新刊"丛书，共三种。第一种即为《夜书》，第二种是宋约（柯灵）根据吴趼人的小说改编的四幕剧《恨海》，出版于1945年6月。最后一种为女作家雷妍（刘植莲）的短篇小说集《鹿鸣》，1945年9月于抗战胜利后出版。之后，出版机构停止了工作。

辅仁大学求学时的李景慈

我收藏的这册《夜书》，多年前得自于旧书店，后曾呈给林榕先生题字。说起与林先生的交往，实在很简单。因藏有一册1941年的

《辅仁大学年刊》，内收林榕先生的《三年来的辅仁文苑》及文苑社同人的照片，出于对"辅仁文苑社"的兴趣，1998年9月的一天下午，经朋友介绍，我带上《年刊》及《夜书》，拜访了林榕先生。当拿出《夜书》时，先生颇为惊讶，问了在什么时间于何地买到的，定价几何等等，然后谦逊地说"拙著实在不值得保存"，但在我的请求下，还是在书上留下了这样的几行字：

林榕在《夜书》扉页上的题字手迹

为了忘却的记忆
　　——题赵国忠先生
　　所购旧著
　　林榕
　　　　　　　一九九八、九、北京

与林先生的这次见面，我感到他身体还好，说话的声音不高，还有些沙哑，为人却很随和。先生说自己年纪大了，记忆力大减，对过去经历的那些往事，许多已回忆不出。不过还是为我提供了一些史料，并一一指出照片上人物的名字，只是说这样的回忆恐怕不能准确。我建议林先生，如果身体允许，不妨多写些回忆文章，提供一些史实，但我感到林先生似乎还是有些顾虑。

　　与林榕先生的交往，仅此一次，平日无事更不敢去打扰。2002年4月16日下午，忽接朋友电话，告之林榕先生于两天前去世了，我很震惊。记得那天在林先生家中，看到墙上挂满了不少时下流行的电影明星照片，莫非林先生也同青年人一样是位追星族，还有着青年人心态？而今怎么这么快就去世了？早知这样，虽说不便去府上打扰，平时打个电话去问候一下，总是应该的，而我怎么竟忘了呢？

2002 年 10 月 12 日

《羊》的版本及其他

萧军是 20 世纪 30 年代在鲁迅先生的帮助扶持下闯入上海文坛的。其短篇小说集《羊》于 1936 年 1 月由上海文化生活出版社出版，收《职业》《樱花》《货船》《初秋的风》《军中》《羊》六个短篇及一篇后记。它们均写于 1935 年，未结集前，经鲁迅先生介绍，还大都发表在傅东华主编的《文学》及郑伯奇主编的《新小说》上。查鲁迅先生 1935 年书信，其中致萧军的信有近四十封，信中不少地方涉及了这六篇小说的出版、稿费以及小说署名等问

《羊》，鲁迅文化出版社 1947 年 10 月出版

题，显示了鲁迅对文坛新人的关怀与培养。

书中作品，展现了萧军较为丰富的生活阅历，几乎每一篇都反映了生活的一个侧面。《樱花》写一个爱国画家从监狱释放后所遇到的种种冷遇。《初秋的风》写一印刷工人被收买为工头，后堕落至患疾而被解雇的命运。曾有过军旅生活的作者，在《军中》暴露了旧时军队的野蛮、黑暗及腐败。而《羊》则向人们展示了囚徒生活，但，可以看出，作者对这些被扭曲变形了的人们是寄以深切的同情与哀怜的。

《羊》出版后，至1939年已发行到第五版，看来读者不少。1981年花城出版社又出了新一版，这是目前人们较为易见的一个版本。但有些读者或许不知，此书1947年还出版过一次。这在目前出版的收录较全的《中国现代文学总书目》及《民国时期总书目》中均无记载，故有必要作一介绍。

抗战胜利后，我党中央派出了各方面的人才奔赴解放区开展工作。1945年11月，萧军随周扬率领的鲁艺文化大队从延安出发，经张家口，于次年9月到达哈尔滨，开展文化宣传。在东北局宣传部的支持下，同年11月底他创办了鲁迅文化出版社，并任社长，因仰慕鲁迅，社名采集了鲁迅先生的手迹，社标用一鲁迅头像作标记。《羊》即由鲁迅文化出版社于1947年10月出版，三十二开毛边报纸本，同初版本相比，作者增加了一篇新版前记，估计读到的人不多。为保存史料，现全录如下：

俗语说："孩子是自己底好；庄稼是别人底好……"又说"文章是自己底好……"我觉得这话说得确是很入情——不一定入理——仅从自己一点体验来证明，就很佩服发明这句话人底聪明和"伟大"！

最近自己底一个孩子死了，除开对已死的总觉得她是所有的孩子中最可爱、最聪明……的以外，对其余的竟也破格地宠爱起来了！虽然他们在别人眼中也许是"不成器"底存在，但自己还是愿意他们能够活下去——我就是以这样的心眼来翻印这本小说集的。

一九四七年九月二十三日
——于哈尔滨临街楼上

此书还收有一附页，记录了鲁迅文化出版社 1947 年的出版情况，在有的书目下还写有一段广告词，估计也是萧军所撰，作为史料一并抄示如后：

一九四七年本社已出书目

《八月的乡村》（长篇小说）　　　　萧军著

这是描写一九三二——三三年间"东北人民革命军"在磐石一带和日本法西斯战争的史实。一九三五年于上海出版，打破当时任何小说销路记录，一年中销去七版（秘密发卖）曾被译为俄、英、日诸国文字。

《生死场》（中篇小说）　　　　萧红著

这是一部以东北呼兰一带农村为背景，描写在日本帝国主义侵入东北后，这里人民生与死的挣扎，前进与后退的矛盾……作者确是以"银戟划空"（胡风语）的笔法，写出了东北人民痛苦和战斗的诗篇！

《羊》（短篇小说集）　　　　萧军著

这小说集包括：职业、樱花、货船、初秋的风、军中、羊六个短篇。约七万字。本社不惜工本，特以六号新铅字，上好白报纸，用袖珍本形式，并附以绦带书签，印刷装帧，力求精美结实，定价也力求低廉，以利读者。

《鲁迅研究丛刊》（第一辑）　　　　艾思奇等著

这是一本比较全面研究鲁迅先生思想，创作，行传，理论……的书。本辑约八万字，计有：艾思奇、何干之、魏东明、须旅、萧军、卢正义、胡蛮、金灿然……等撰稿。

《第三代》（长篇小说）　　　　萧军著

这是作者萧军氏，以东北农村地主与农民斗争为基本主题，于十年前着手写的一个长篇小说。如今已成八部（每部约八万字），现由本社继续出版。除第一部、第二部于十月份出版外，其余拟于古历年终出完，并拟发售预约。

待出书目

《高尔基文学论》（上卷）　　　　沈起予等译

这部论文集，除包括凡有关文学各问题——论文学、戏剧、学习、创作……——而外，并有约翰·亚里托曼对高尔基文学论文的阐明和估值的论文。上下两卷共约三十万字。有志于写作和研究文学者应人手一部。

《鲁迅研究丛刊》（第二辑）　　　　萧军等著

这是继第一辑而编辑，内有萧军对鲁迅先生历史小说——《铸剑》《采薇》——等解释，萧红等回忆，毛泽东先生对鲁迅先生评价，瞿秋白论文学。——约八万字。

《第三代》（长篇小说第三—八部）　　萧军著

《江上》（短篇小说集）　　　　萧军著

《十月十五日》（小说、散文集）　　萧军著

《跋涉》（短篇小说集）　　　　萧军、萧红合著

《羊》中收录的附页，记录了鲁迅文化出版社的出版情况

    鲁迅文化出版社是否仅出版了这些著作？我不好断定，大概不会太多。因为 1948 年萧军受到批判后，鲁迅文化出版社也于同年 12 月初全部交公，随之解体了。

1999 年 2 月 10 日

袁鹰与《新文丛》

如今已买不到什么旧书刊了，只好到以前购存的那些故纸中去拣拾一二。

手边的《新文丛》保存了已近二十年，这是 1948 年上海书店出版社三十二开本的一种丛刊，我仅得到该刊的第二辑至第四辑，它每期更换一个名字，依次为《那日子要来了》《江南的风暴》《排队的世界》。那是一个黑暗即将过去、曙光将要到来的时期，所刊作品均以现实生活为题材，注重表现人民群众的痛苦挣扎和追求，并辅以百姓易于接受的故事、快板、活报剧、速写、山歌等大众化形式，较重要的作品有袁鹰以梁汝怀署名发表的文论《我们应当怎样走向人民文艺》、沈念安的反映常熟归政乡抗租的纪实性报道《江南的风暴》、唐墨的活报剧《半只大饼》和吴越的快板《工人苦》等等，诗人屠岸借译英国诗人威廉·莫里斯《那日子要来了》

中的诗句，表达了人民的心曲："那黎明，那日子要来了，旗帜向前开路。"

1948 年出版的《新文丛》刊影

袁鹰先生在第四辑中以"拟山歌"体发表了《排队的世界》，形象地描绘了 1948 年秋上海滩争购货物之场面，甚至小学生也加入了抢购大军：

小学生子去买菜，半夜排队到天亮，

受了风寒病加重，立刻昏倒在路上。

而五金店的情景是：

五金店里一阵风，洋钉螺丝抢个空，

如今除掉金圆券，样样东西都走红。

　　作品辛辣地嘲讽了国民政府推行的金圆券币制政策。

　　当年买到《新文丛》时，也留下些许疑问，如刊物标明"新文丛社"编辑，而它是由何人组成？再比如，刊物共出版几辑？等等，虽然查了一些工具书，也无从知晓。

　　一次偶然机遇，疑问终于有了答案。

　　2005 年 10 月，北京的《芳草地》杂志承办了"全国第三届民办读书报刊研讨会"，主办方邀请到居京的一些老作家参会，因与《芳草地》主编谭宗远先生很熟，我提前获知了袁鹰先生与会信息。想到《新文丛》有老先生作品，他或许知晓一些当年办刊内情，何不借此请教一番呢，于是便携刊与会。顺带说上一句，那次参会的吾友谢其章兄竟同我想到一块儿，他捎上的是与袁鹰先生有关的旧刊《莘莘》。

　　这届民办读书报刊研讨会办得很成功，袁鹰先生会上作了精彩发言，有些问题提得很尖锐，体现了一个老报人的正直。现从会后出版的"特刊"上摘引几句：

　　我因为在报纸工作，又在北京工作这么多年，各种各样的会参加过很多，无非坐下喝茶，说一些不咸不淡的话，后来也不想开了……这个会纯粹是民间的，能够真正开这样清清白白、干干净净的会是很不容易的，也只有在这样的会上才能听到一些真实的话，见到一些说真话的人。

会议间歇期间，当我拿出《新文丛》请教时，袁鹰先生有些惊讶地问了一句："你还有这个？不容易！不容易！"随后接过我递上的笔，在《我们应当怎样走向人民文艺》的空白处题下了这样的文字——

《新文丛》是左弦（吴宗锡）、吕林和我三人编的小刊物，1948年在上海出版，共出五辑，现在恐怕已经难找到全套了。第一辑名《迎春篇》，第五辑名《狼和它的僚属们》，希望你能找到它们。

袁鹰　〇五年十月

在《排队的世界》的空白处，他又题道——

五十年前所编所作，意外重逢，不胜欣喜。

袁鹰　〇五年十月

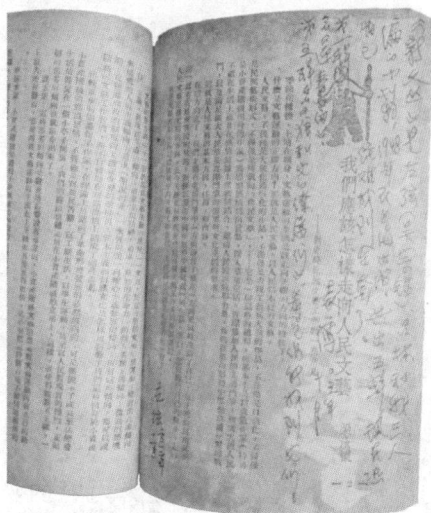

袁鹰先生题字手迹

今天距袁鹰先生题字已过去十年，这期间他寄予希望的那两辑我一直未能寻到，以后还有机会吗，恐怕更为渺茫。

2016 年 4 月 2 日

黄萍荪与《北京史话》

《北京史话》，1950年12月由上海子曰社出版，这套由黄萍荪编辑的以研究近现代北京史为内容的丛书，最初拟分上、中、下三编陆续出版，实际上仅出版了上编，即被停刊。

老报人黄萍荪主编过一系列文史类刊物，如1935年11月在杭州创刊的《越风》半月刊，他自己还在第一卷第五期上发表过《雪夜访鲁迅翁记》一文，实际他根本未去过鲁迅家，这是一篇虚构的文章，为此引起了鲁迅与许广平的愤慨。1945年他又于福建永安主编了《龙凤》双月刊，1948年在上海主编了子曰社出版的《子曰》双月刊。新中国成立后，子曰社继续营业，1949年12月又主编《四十年来之北平》丛刊，在第一期出版后，因这时的北平已作为新中国的首都改称为北京，该刊又更名为《四十年来之北京》，在出版了两期后停刊。就内容看，《北京史话》可作为《四十年来之北京》的继续，只是开本由原来的十六开改为三十二开。

刊名曰为"史话"，编者在序中讲："北京之成为首都，至少当起自明季，只是我们的范围是'近代'，不过这'近代'若以百年为起讫的话，上溯

《北京史话》，1950 年 12 月子曰社出版

可至清咸，而我们还嫌冗长。我们现在要截去以上的六十年，只取 1911 年推翻清廷以迄北京解放后的四十年。"在这四十年当中，凡在北京所发生的一切如政治、经济、外交、文化、教育等事件，均可包括在内。

本刊收入的七篇文章，都是由编者约来的文稿。署名荛公的《从帝王之都到人民之都途中一瞥》和署名五知的《五四运动经过的真象与再认识》两文，是谢兴尧先生的文章，后一篇是为纪念新中国成立后第一个五四青年节而特撰的，对发生于 1919 年的这一伟大历史事件的来龙去脉作了详

尽的讲述。江声的《东交民巷与帝国主义》一文，对东交民巷这一特殊地域的沿革进行了叙述，并运用大量的资料说明帝国主义是如何插手中国的内政的。此外，陈诒先的《故宫最后一幕话剧之演出》、朱偰的《北府财经史话（一）》、吴铭的《北府"内阁"丛述》等文，也都是既有史料价值又有可读性的文章。

本刊最长的一篇文章为植物学家胡先骕的《北京的科学化运动与科学家》，全文分十二小节，每节各缀小题，分别介绍了科学工作者的研究过程及成就，是五四以来中国的文史科学、自然科学、社会科学发轫的记录。但文中的某些观点也有可商榷之处，如在简述科学家们的成长过程时，由于这些研究人员大都有游学欧美的经历，作者对这方面作了过多描述，在那一时代背景之下，自然引起了部分读者的不满。该丛书的被停，主要与此文有关。近日，读到徐重庆先生发表在《绍兴鲁迅研究——（十九）》上《我所知道的黄萍荪》一文，便披露了其中的原委：

　　……因《北京史话》上编收有胡先骕的《庚子赔款和中国科学人才之兴起》一文，受到了读者的批评，认为作者与出版社负责人崇美思想严重，要求主管部门作出应有处理，上海市军管委新闻处处长张春桥约他谈话，予以严斥，"史话"毁版，登报收回已售出的，并吊销出版社营业执照。黄萍荪从此开始失业……

徐重庆先生是位严谨的学者，他与晚年的黄萍荪有着十多年的通信往来，文中材料的真实性，大体可信。但徐文也有小误，他把胡先骕文章的篇名写错了，依徐先生所言，此刊曾被毁版，并收回已售出的，或许现今遗存下来的不多，徐先生也未见到原刊。

黄萍荪编辑的刊物

黄萍荪自失业后，其生活道路颇为曲折，他在自作的《小传》中写道："1957年，'反右'蜂起，锒铛入狱，赭衣胥靡，和老农老圃为伍，开荒畚锸，与世隔绝达二十年之久。"直到1982年他的历史才得以最终澄清，法院经过大量认真细致的复查工作，宣判他无罪。但如果看一下1993年人民文学出版社出版的《鲁迅全集》书信卷，在鲁迅1936年2月10日致黄萍荪的信下所作的注解，仍把他称为"国民党御用文人"，既然历史问题都已澄清，再这样称呼他就不合适了吧。

应该一提的是《北京史话》的封面画，非常精彩。具体创作者为：人像由胡亚光作，衣褶周圭画，芍药是唐云的手笔，松树为申石伽所绘，磐石与和平鸽是陈纵周的，刊名由沈尹默题字，可谓集众多名家于一幅了。

1999年1月3日

蔡元培的一篇集外文

　　1998 年出版的《蔡元培全集》（浙江教育出版社）、《蔡元培年谱长编》（人民教育出版社），未见收录蔡元培 1922 年为《北京地方服务团报告》作的一序文，显然这是他的一篇集外文，全文无标点，现试加点断并抄录于后：

　　北京地方服务团之发起四年于兹矣。发起之初，余尝奔走其间，稍稍冀有所尽力，顾自余前年冬间有欧美之游，回国后又以足疾卧医院数阅月，遂不克躬亲其事，而吾友胡默青君则始终不怠，与团中诸君子合力进行，而且时时以事状为余言之，余因以得知其进步之概。

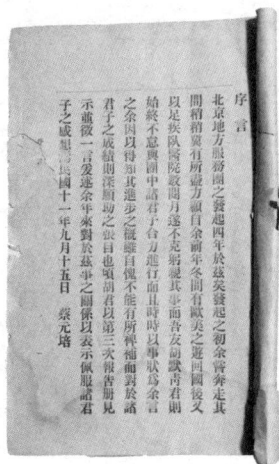

虽自愧不能有所裨补，而对于诸君子之成绩则深愿助之张目也。顷胡君以第三次报告册见示并征一言，爰述余年来对于兹事之关系，以表示佩服诸君子之感想焉。

民国十一年九月十五日　蔡元培

　　解读这篇序之前，先要了解北京地方服务团是个什么组织。

　　简而言之，这是一个热衷于社会服务事业的慈善团体。近代尤其是民国以来，西方社会学知识在中国的传播对中国的社会工作产生了重要影响，而基督教团体在其中发挥了特殊作用。北京地方服务团最初即是由带有基督教性质的北京青年会和女青年会于1918年共同发起组织的。据1921年出版的《北京地方服务团报告书·沿革》中载："爰由北京青年会服务股主任干事步济时君，约请女青年会公理会内左二区警察署及热心服务改良社会家，根据甘博尔君之调查，倡设北京内左二区地方服务团于灯市口，继以试验期满，遂改组为北京地方服务团。"

　　这个"报告书"还收录了地方服务团章程及入团说明，为对这一组织有更多了解，兹录如下：

北京地方服务团章程

一、名称：北京地方服务团

二、宗旨：改进人民之风化　供给社会之急需

三、试办区：暂以内左二区为范围逐渐扩充

四、团务员及赞助员

凡赞成本团宗旨欲襄理团务者，得团员一人之介绍，填写志愿书，经职员会认可即为团员。

凡愿担任捐款及补助本团事务进行者，即为赞助员

五、团费：常年团费团员均需量力捐助

六、团务：暂设八部，调查、交际、正俗、演说、慈善、学校、体育、卫生

七、组合

甲：职员　团长　部长　书启　司库　司账　庶务

　　　团长、部长，男女界各一人，余均一人

乙：董事会　由各处发起机关人员组合之

丙：职员会　由本团职员组织之

丁：各部会议　部长及部员组织之

戊：团务员

子：借重男女青年会公理会之人员

丑：本团聘用者

八、选举

甲：职员　由董事会按照职员额数加倍题名提出大会选举

乙：部员　由职员会推举报告大会

丙：团务主任　由职员会推举

九、任期：一年为一任，于每年春季大会时选举之，连举得连任

十、会期

甲：大会每年两次，于春秋两季举行之

乙：董事会每年一次，遇特别事项得召集临时会

丙：职员会每星期一次，遇必要时得开临时会

丁：各部会议每月至少两次

十一、经费

甲：通常费　团员长年捐助者

乙：特别费　团员赞助员之特捐

十二、附则

甲：各项细则另定之

乙：遇有特别事项得另立单行规则

丙：本章程自大会通过后实行

丁：本章程有应行修改时送交职员会提出大会通过

北京地方服务团入团说明

资格：无论各界男女，品行端正，素具服务社会之热心
者，均得为团员

介绍：凡欲入团者，须经团员一人介绍，由职员会认可
发给证书，即为团员

团员：

（甲）通常团员：年捐十元以内者，得享阅本团纪闻及介
绍贫儿入本团夜校读书、到场游艺之权利

（乙）维持团员：年捐十元以上五十元以下者，除得享甲
项权利外，可介绍贫民医病免费及男女入工厂习工

（丙）赞助团员：年捐在五十元以上五百元以内，除享得
甲乙两项权利外，可介绍贫民向本团借本营业，又有无告难
民咨送来团，亦可代为设法安插救济，并悬本人像片于团所，
用资表扬。

（丁）名誉董事：年捐五百元以上者除享有上项权利外可
列席于董事会建议

（戊）职务团员：无论某项，团员凡欲遴选下列团务中一
项事务、能按期来团协助者，得为该部佐理员

综上可知，北京地方服务团旨在进行慈善救助和改良社会工作，它对入团并没有什么严格限制，凡热心社会服务的人士均可参加。最初以"内左二区"为试验点，"内左二区"的地域，据陈宗蕃编著《燕都丛考》载："北由北箭亭至铁狮子胡同，折而南至东四牌楼，转东至朝阳门大街，西至皇城外南北河沿，东至朝阳门迆南城根，南至金鱼胡同、干面胡同、禄米仓大街。"之后地方服务团的范围逐渐扩大，在城内的东、西、南、北开展活动，每个服务团都设立了调查、交际、正俗、演说、慈善、学校、体育、卫生八个部，其活动资金主要来源于社会各界的捐款，李大钊、蔡元培、胡适、董康、吴承仕、陈大齐等个人以及东兴楼饭庄、豫丰银号等商号都曾做过捐助。

20 世纪初的北京，乞丐、失业工人、贫民众多，还有大量的残疾人和精神病患者，当时卫生条件又差，普通百姓文化程度不高，故存在严重的社会问题。"北京地方服务团"成立后，进行了大量的改良社会工作，这册《北京地方服务团报告》，详细记载了它们开展平民教育、普及公共卫生知识、举办慈善赈灾等活动的情况。比如东城灯市口北京地方服务团开展的工作有：调查贫民家庭卫生状态，每星期召开一次婴儿卫生讲习会，并为婴儿洗浴查病，每年的 3 月 3 日至 5

月底每星期五下午四点请大夫为当地居民施种牛痘，为贫病者介绍医院并免纳医药费。组织演讲队宣传卫生知识，全年共举办了四次。1922年4月12日至17日，该团分别到东四公里会外堂、豆芽菜胡同、二圣庙、南门仓、油坊大院、水月寺、官房大院等处介绍家庭卫生、环境卫生、疾病预防等。夏季开展扑灭苍蝇之运动，组织了十个扑蝇队，每队十人。在西城缸瓦市北京地方服务团的人员中，还见到了舒舍予即作家老舍的名字，那时他受西北城地方服务团聘请，担任服务团附设的高等小学及国民学校的校务，兼修身、唱歌两课教师。这两所学校，不收学费，所有儿童学习用品统由学校发送，所学课程均按教育部的规定执行。其办学主旨是"以平民精神陶冶儿童的心——德育，以勤劳主义锻炼儿童的身——体育，以自学主义发展儿童的脑——智育"，"期使贫寒子女得完全之知识以提高其生活"。记得20世纪70年代我上学时，每年都评三好学

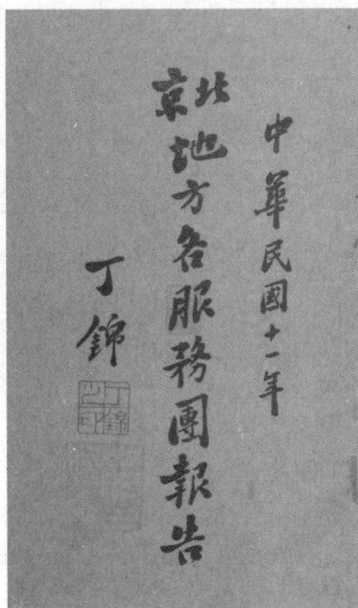

生，"三好"的标准即指要德智体全面发展，看来这也不是什么新鲜货，早在老舍当小学教员时即已提倡了。南城厅儿胡同地方服务团重在传与平民技能，比如组织男生学习各种毛巾的织法，"提倡我国之实业而维进行，藉可助贫民将来谋生活之技能而振国权，已有工徒八名，教师一位，尚能一律组织，程度颇佳，希冀后望"。组织女生学习针织手艺，"现有女工徒十名，工师一位，均能挑织，非常新奇精细，销售颇广，惟患不足供给耳"。东北东工匠营地方服务团所做的慈善工作有："（一）本年四月及六月间京师粮价腾贵，因设立临时平粜所一处，委托本区警署调查贫户，发给证书，在本团支部粜米，每斤小米售铜圆七枚，计粜出米一百五十石，每日买米人数平均一百三十人。（二）介绍病人。东直门外延寿寺住户张顺，年四十七岁，作小本经营，因连日大雨，房屋塌倒，致将伊母砸毙，伊腰部均被砸伤，不能行动。当将张顺抬往协和医院调治，并经协和医院服务部每日给与来往车费。本团助伊家中玉米面、小米及煤钱等项，全家始获更生。"

蔡元培的这篇序概述了他与北京地方服务团的关系。就我的有限阅读，以往还很少见到这方面的资料。虽然他在1920年执掌北大期间，积极支持学生会创办平民夜校，并在开学典礼上发表了热情洋溢的《北大平民夜校开学日演说词》，之后又倡导开办平民学校，组织面向平民的演讲活动等等，为无机会进入大学的人免费提供受教育的机会，但这些活动是否属于北京地方服务团工作的一部分，目前还未见确切记载。当然，作为北大校长，他工作繁忙，况且他于1920年11月又赴欧美考察教育，并率团出席太平洋教育会议，直到1921年9月才回国，随后又因糖尿病致下足溃烂，不得不入院医治，故文中"不克躬亲其事"倒也是实情。

客观地说，这篇短序算不得蔡元培的重要文章，更多的是传递出他利用自己的身份和影响表达对北京地方服务团工作的支持。

2019 年 11 月 2 日

《敦煌掇琐》

　　我有幸买过几册俞平伯先生的藏书，《敦煌掇琐》即是其中之一。

　　《敦煌掇琐》，刘半农辑录，分上、中、下三辑，凡六册，青色书衣，丝线装订，木板印刷，中央研究院历史语言研究所出版。稍觉遗憾的是，我仅得到上辑，共两册，书上未标出版年月。

　　20世纪初，我国敦煌石室储藏了九百多年历史的古书画被发现，其中还包含了大量关于俗文学的珍品，但由于八国联军的侵略，许多国宝被英、法等国的"探险家们"所掠，并珍藏于他们的图书馆。1923年，刘半农利用其在巴黎大学进修实验语音学之机，在巴黎图书馆埋头抄录该馆收藏的这些俗文学史料，陆续寄回国内，请予出版。

　　关于此书的出版时间，现有不同的解释。有论者说三辑是同时出版，也有人讲是分别出版的，我比较赞同已故教育家王森然先生意见。他在1941年出版的《中国公论》第五卷第一至三期上，连载了《刘复先生评传》一文，把上、中、下三辑出版的时间定为1930年、1932年、1934年。此说之所以合理，盖因王森然是那一时期的经历者。另还有一点旁证支持：即朱自清先生1933年11月19日日记写道，"下午进城访中舒，承赠《敦煌掇琐》（中）"，"中舒"即徐中舒，当时在历史语言研究所任职，如三辑同时出版，当不会只赠中辑。

本书命名为"掇琐"，刘半农在《敦煌掇琐目录》中言，"因为书中所收，都是零零碎碎的小东西"。但我们切不可轻视这"小"，"也许能使我们在一时代的社会上民俗上文学上语言上得到不少的新见解"。为本书作序的蔡元培先生认为该书的重要价值在于："一是可以见当时社会状况的片断，一是可以得当时通俗文词的标本。"

全书分小说、小唱、家宅、婚事等十七类，共一百○四种材料，上辑开篇《韩朋赋》写的是民间传说中一爱情故事。《女人百岁篇》这段唱词，从十岁唱起，以十岁为一段，至百岁共十段，写了妇女悲戚的一生。《王梵志诗》一则，收有研究王梵志诗歌的丰富资料。本书还收了《孟姜女小唱》一则，顾颉刚1925年在研究孟姜女故事时，刘半农曾将这则材料抄寄给他，顾先生认为这是他所得到的材料中最为重要的一种。

我这两册虽非全本，书上却钤有"德清俞氏"的印章，书中某些脱落的文字，也由俞平伯先生手书补上，不仅如此，它还是傅斯年先生的赠送本。书的扉页上，傅先生留下了这样的文字：

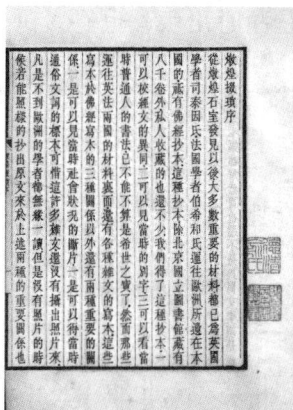

钤在《敦煌掇琐》上的"德清俞氏"印章

第一次刷本　　购赠平伯

斯年

民国二十年二月北平

看到这则题字，不免生出一点感慨。本来作为中央研究院历史语言研究所所长的傅斯年，拿本院的一册出版物送人，区区小事，旁人也说不出什么，但他却要亲购一册来送朋友，如此这样，才符合他做人的准则。这也就不难理解为何在

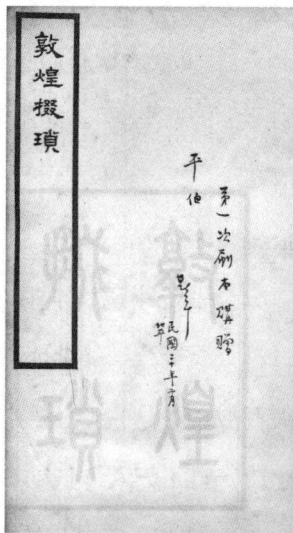

《敦煌掇琐》书名页上的傅斯年题字

20 世纪 40 年代，他敢于批评孔祥熙、宋子文等党国要员的腐败行为了。

由两册残本，竟而引出了刘半农、王森然、朱自清、顾颉刚、俞平伯、傅斯年等文化名人的一些史事，我在买书时无论如何也是料想不到的。

1998 年 12 月 1 日

李根源与《曲石诗录》

在民国史上，李根源（1879—1965）是位声名显赫的人物。他是云南省腾冲县人，字印泉、养溪、雪生，因县城周围有高黎贡山，为闻名的浏览胜地，故又别署"高黎贡山人"。1904年他到日本学习军事，先后毕业于振武学校及日本士官学校，在日期间还加入了中国同盟会。1909年回国后去昆明主持云南讲武堂工作，培养了众多的军事骨干，朱德曾沐受其教泽。辛亥革命时，李根源与蔡锷等人协同作战，之后他又参加反袁斗争和护法运动。黎元洪当政时，他任过陕西省省长、航空督办、农商行长，并代理过总理。久居官场，他目睹了军阀混战和政局日下，于是急流勇退，1924年起，李根源开始在苏州长期隐居，过着读书养性的生活。日寇侵华后，他极力主张抵抗，做了不少有益的工作。新中国成立后，他被选为全国政协委员，与周恩来总理及朱德委员长时有过从。李根源虽是武人出身，但好学，生前著述不少，主要有《曲石诗录》《雪生年录》等。

《曲石诗录》，是作者1939年自费出版的一部诗集，线装铅印，共两卷，卷一收诗四十首，卷二又名《险难吟稿》，收诗五十首，正文前有苏州耆绅张仲仁等贤达的题词。"曲石"何意？书中《宿曲石》一诗的小注交代曰："曲石为先十世祖指挥佥事钟英府君明亡后隐遁处。"因仰慕先人，他把自己的室命名为"曲石庐"。这部诗集，收诗虽不足百首，内容却很丰富，也是研究作者生平和思想不可或缺的宝贵资料。

作者性喜游览名山大川，书中不少诗是对山川风物的歌咏，像《宝峰山》《香云寺》等。另外，有些诗是对先烈的缅怀，《与太炎右任行严溥泉烈武祭邹威丹容墓》是祭奠"革命军中马前卒"邹容的。自退隐吴门以来，特别是1927年母亲去世后，他在苏州城外窟窿山脉的小王山买山葬母，种松万株，名曰"松海"，还建了"听松亭"等多处景点，有长期隐居下去的打算，这在《松海题壁》等诗中均有反映。

让作者结束了这种隐居生活的是在"一·二八"淞沪之战后，在民族生死存亡之时，他毅然投身到伟大的抗日洪流中。为支援前线，李根源与张仲仁等人倡议组织老子军，为在战争中阵亡的将士收尸。《奉安东战场阵亡将士忠骸》一诗的小序中这样写道："辛未上海之战，余收十九路军、第五军阵亡将士忠骸七十八具，葬之苏州善人桥马冈山，建丰碑，题曰'英雄冢'。"1937年8月13日，日寇又犯上海，我军伤亡惨重，李、张二人在灵岩山下石码头砚山祖墓又修建了英雄冢。11月5日，李根源率乡民学生近万人，披白致祭，躬亲运送八十二棺至砚山，并作小诗一首："霜冷灵岩路，披麻送国殇。万人争负土，烈骨满山香。"1943年画家徐悲鸿读到这首小诗后，深受感动，满怀激情地创作了《国殇图》巨幅画卷，画卷中李根源、张仲仁等人执绋走在送葬人群的最前列，悲壮感人。日军的侵略，曾给中国人民造成了无穷的灾难。作者的《写忧》一诗，真实地记录了这种灾难场面："月光惨照江城头，居逃鬼哭声啾啾。河干弃儿少人拾，河水漂尸无人收。"1937年11月苏州被日军占领前，作者由苏州经

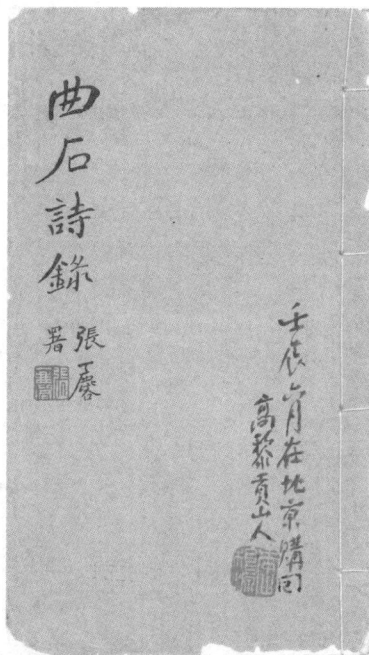

《曲石诗录》，1939年著者自费出版

南京到武汉，再由武汉经陕甘入新疆，去协助督办盛世才抗战，一路的颠簸历险，作者留下了不少诗作，自谓"险难吟稿"。离苏时，他作《去苏州》四首，诗中有愤懑，也有眷恋，请看第一首："大兵一退民逃尽，炸弹朝昏不断投。救死扶伤今已矣，老夫挥泪去苏州。"登岳麓山，祭扫黄兴、蔡松坡两先生墓，面对英灵，他发出"今日天下已去半，那不放声向公哭。两公魂魄尚有灵，披发大荒拯吾族"的感叹。在新疆迪化机场，他又有"一朝痛饮倭奴血，立刀昆仑唤国魂"的慷慨之声。这一路兼程所作的诗，既让人们看到了作者感时忧国的心绪，更可体会出在外敌面前决不屈服的英勇气概。

记录了李根源的生活及思想的这册《曲石诗录》，我是多年前在北京琉璃厂举办的古旧书市上购得的，当时仅破费了五元，还是签名本，封面上留有李根源先生的墨宝："壬辰六月在北京购回　高黎贡山人。"如今这样的机遇已难再现矣。

1999 年 12 月 3 日

小万柳堂与《扇面大观》

　　小万柳堂是清末人廉泉与夫人吴芝瑛的室名。廉泉，（1868—1932）无锡人，号南湖，晚清江苏举人，度支部郎中。有《南湖东游草》等诗集行世，尤以善鉴别和重收藏而名震一时。吴芝瑛，（1868—1933）安徽桐城人，也能诗，擅书法。她还是鉴湖女侠秋瑾的好友，秋瑾遇害后，遗尸弃枢中，抛在野外，家属不敢营葬。吴芝瑛与徐寄尘二人，在杭州西岸桥畔买地为其办理丧事，此事一时传为美谈。为此得罪了清廷，欲将二人治罪，吴芝瑛疏通了清朝大吏端方，力为二人辩诬，其好友美国人麦德女士也从中鼎力相救，终使二人脱罪。

　　廉、吴二人的室名小万柳堂颇有来历。追溯起来，元朝时廉泉的先祖廉希宪，曾做过右丞相，在京师城外有别墅，名万柳堂，常邀友人在此饮酒聚会，诗词唱和。近人著《〈春明画报〉谈屑》记载："万柳堂在广渠门内东南隅，地点拈花寺。"清代初期，此地因建造了大悲、弥勒二殿，万柳堂遂渺不可寻。但因声名在外，常常吸引一些文人贤士到此感喟凭吊。廉泉作为廉家后裔，便命自己的室名为"小万柳堂"。端方在《小万柳堂藏画记》中说"营别业于春申江上，曰小万柳堂，比又徙于浙之西湖"，可知小万柳堂有两地，一在上海，一在杭州。

《扇面大观》，廉泉编，大正四年（1915）日本扇面馆出版

小万柳堂收藏的名家字画颇多，为当世所重，其来源大致有三。一是承继先祖的遗物。南湖的高祖驭亭公，以商业起家，但好金石书画，"凡古之遗，靡不集之"。南湖本人也购买了许多，这是其二。他"绰有祖风，尤嗜宋、元画"，先人虽做官与经商，给他留下了不少家资，但他对书画"不吝

重价购求，先世遗产，赤手立尽"；此外，南湖的亲戚宫本昂（子行）、宫玉甫兄弟二人，也为他提供了不少。宫氏兄弟也善书画，精鉴赏，为海内收藏大家，"尝汇集名人扇面几千余叶"，"上自明王孟端以迄国初乾、嘉诸老，得名人八百辈"。宫子行去世前，曾立遗嘱，将扇册归廉泉，"为我致扇册于廉氏，藏之小万柳堂，庶不负我兄弟毕生搜集之苦心耳"，并亲自指挥家人，将书画封存十二箧，并告诫家人"非廉君至，不得启封"，这里面共有明清两朝名人所画扇面一千五百三十叶。由于宫氏兄弟所存精品大半为廉泉所得，极大丰富了他的藏品，此其三也。

廉南湖果真不负重托，他从宫氏集藏及自己所存的明、清两朝名家所作扇面中，精选编辑了一部画册，即《扇面大观》。为保证质量，廉泉还拿到日本去制作，因而这部画册由日本小林写真制版所印刷，大正四年12月日本扇面馆发行。画册共两函四册，装帧讲究，黄绢面硬皮丝线装，外加蓝布套，珂罗版影印，封面由吴芝瑛题眉，共收了二百四十幅扇面画，其中明代的一百〇一幅，其余皆为清人作品。沈周、唐寅、董其昌、王时敏、吴历等名家都有不少精品收入，作者还特别看重砚田庄居士王建章的作品，收了他八幅扇面画，显示选家眼光的独特，若从质量上看，也确是应选之作。另

明·王建章绘《山水图》

外，在每册图前还附画家传略，因而画册不仅极具欣赏和收藏价值，还是研究明、清两代画家的珍贵资料。

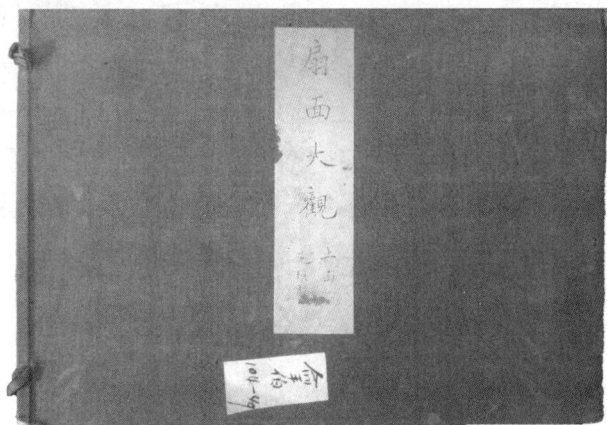

《扇面大观》书套，上存俞平伯签名

《扇面大观》由日本扇面馆发行，故流入国内的较少，我的这部还是著名学者俞平伯的旧藏，蓝布函套上留有俞先生的签名及书的编号，这就更显珍贵了。

2001 年 10 月 3 日

薄官不能一朝留　清风可以百世祀

——关于《林屋山民送米图卷子》

《林屋山民送米图卷子》，1948年6月由北平彩华印刷局初版，珂罗版制作，出版距今虽非久远，可当年仅印百册，况且之后又经历过尽人皆知的毁灭文化的年代，这稀见之书不知坊间会遗存几册。

清光绪年间，在江苏吴县西南的太湖西山岛上，有位河南滑县人暴方子（名式昭）到此担任了西山角头巡检司巡检，这是个很小的官，清朝官阶中

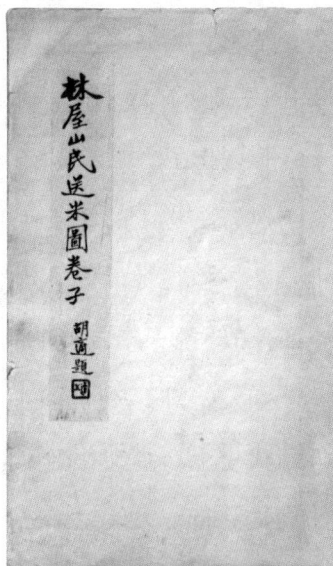

《林屋山民送米图卷子》，北平彩华印刷局1948年印制

仅属从九品，大凡读书人是不屑做的。暴方子出身书香世家，祖父暴大儒是道光年间与俞樾同榜的进士，自己也是读书人，著有《二十四史识小录》，但他这人很特别，并不嫌职微，在任时为官清正，廉洁爱民，深得百姓爱戴，但因对上敢于发表意见，刚直不阿，遂引起上司不满，被认为"情性乖张、作事荒谬"，于光绪十六年（1890）十一月被罢免了官职。此正值隆冬时节，黜职没几天，暴家便断了炊，西山民众得知内情后，自发地为其担柴送米。据记载，自光绪十六年十二月初十至翌年正月二十九日，馈赠柴米者遍及西山附近八十余个村落，慷慨解囊的民众达数千人。他坚辞不受，却阻挡不住民意。有感于此，西山文士秦散之于光绪十七年二月十六日创作了一幅《林屋山民送米图》，画面形象地表现出民众顶风冒雪送米的场景：他们悄悄地来，又静静地去，把一堆堆柴一担担米放置于暴家门前，而远景那系于岸边的一只空船，似乎显示着送米的人们还未归去。

令人始料不及的是这幅"送米图"日后引起了广泛影响，近现代史上众多文化名家观图后纷纷题咏，一致盛赞暴方子的高洁品行。大体说来，题咏集中在两个时段。一是自光绪十七年至暴方子病逝于山海关外的1895年，题咏者多为苏州文士，像吴大澂、吴昌硕、俞陛云、许佑身等等。俞樾在所题的长歌中对暴方子称赞有加，他写道："君官山中有年矣，止饮太湖一杯水。不媚上官媚庶人，君之失官正坐此。乃从官罢见人情，直道在人心不死。薄官不能一朝留，清风可以百世祀。"词人郑文焯写了两首诗后，由诗情更引来画意，又作一幅《雪篷载米图》。这些珍贵的题咏和画卷，此后作为暴家的宝物由几代人珍藏着，甚至日寇侵华时，怕遭遗失曾埋藏于地下，致使抗战胜利后取出时发现某些图文已经受损，造成难以弥补的损失。

1948 年初，暴方子之孙暴春霆为使这些题咏得以流布，更为了彰显先祖之德，萌生了出版《林屋山民送米图卷子》的设想，当他把这些墨宝拿给时居北平的胡适、张东荪、俞平伯、朱光潜、冯友兰等学者展读后，掀起了又一时段的题咏。朱自清当时身患重病，已久不作新诗了，此次特奉上一首，诗写得平实又蕴含感情："暴方子先生，这一个最小的官，/却傻心眼儿，偏好事好出主意。/丢了官没钱搬家更没米做饭，/老百姓上万家给担柴送米。/上司训斥，说老百姓受他讹诈，/他却说，傻心眼儿的人有傻报。/这幅图这卷诗只说了一句话：/傻心眼儿的老百姓才真公道。"徐悲鸿抱病画了一幅与郑文焯同题的《雪篷载米图》，并作题记予以说明："《雪篷载米图》原为清末郑文焯叔问所写，因抗战期间埋葬

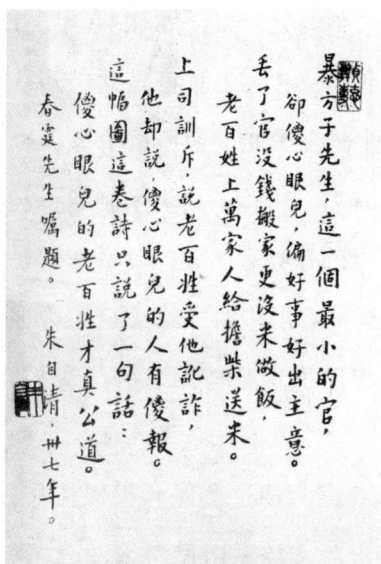

朱自清题诗手迹

地下，致笔迹模糊，毁去图记。方子先生罢官断炊，太湖西山民众追念先生昔日德惠，竟载米冒雪往送。先生之孙春霆先生不忍先德湮没，属不佞重为图之。窃念此故事足励末世，不辞鄙陋，爰扶病作此。"此外，胡适、俞平伯、朱光潜、冯友兰、沈从文、浦江清、陈垣、张东荪、马衡、游国恩、张大千等也分别题词，对暴方子予以高度评价。值得注意的是，为什么这么多位知名的作家学者都参与此事，难道仅仅是共襄善举吗？冯友兰先生题词中的一句话一语道破，可作为注解："这图的流传，也未尝不可与我们眼前的腐败贪污的政治以一个有力的讽刺。"暴春霆把这前后所作的题咏收集在一起，请胡适题签，自费出版了这册《林屋山民送米图卷子》。

《林屋山民送米图卷子》除收录众多的名家手迹外，另收有三件珍贵的史料：一是暴方子所记西山村民馈赠食物的清

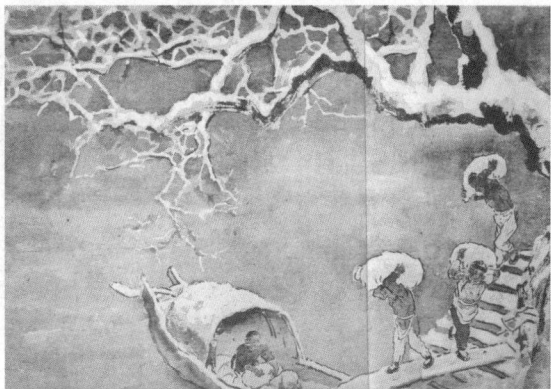
徐悲鸿绘画作品《雪篷载米图》

单；二是上司训斥暴方子的公文；三是暴方子亲笔抄存的答复上司的禀稿。这些史料，不仅显示了民心的向背，也让人们看到了清末官场的黑暗，还为人们研究那时的吏治状况提供了一个不可多得的实例。

2001 年 12 月 15 日

买《林屋山民送米图卷子》记

钟叔河先生编订的《林屋山民送米图卷子》，2002 年 4 月由岳麓书社出版后，反响不错，如今湖南美术出版社拟重新出版，并在内容上进行增补，当然是更为完善的一个版本了。近日，钟先生和出版社的同志打电话来希望我这个当初底本的提供者最好在新书中写几句话。感谢信任，但说实话，我真不知写些什么。若说说此书的史料价值、版本情况以及现实出版的意义等等，钟先生的《编订前言》《编订后记》已作了详细而又精辟的解说，何须我这个后辈再来赘语。于是出版社又出题目，说不妨就写写是如何买到这本书的，我未加思考即贸然应下来，然而静下心来仔细一想，还是不好写，何至如此？一来这已是十多年前的事，我这人记忆力差，留下的印象已经模糊了；二来买这书不像买其他书那样其间经历过周折，费了一些脚力，有故事可说。这次纯属是偶然得之。但既然领受了任务，总要完成，好在我有当年写下的书账，多少还保存了一点记录，现抄示如后：

晨去潘家园访书，无所获，怏怏而归，不期到东城图书馆时，遇一书摊，下车观之，竟喜获三书，费四百元，一为一九四八年出版的《林屋山民送米图卷子》，仅印百册，书述清末廉吏暴方子史事，兼收胡适、俞平伯诸人题字，颇具史料价值。另一《扇面大观》，清末收藏家廉泉编，收明、清两朝所绘扇面二百四十幅，由日本扇面馆大正四年（一九一五年）发行，书的蓝布外套上有俞氏签名，知是俞氏藏品。再《敦煌掇琐》一书，为刘半农辑编的一部敦煌遗文，扉页上有题字："第一次刷本购赠平伯　斯年"，知为傅斯年所赠。俞平伯为著名学者，一九九〇年去世，三书疑是其故去后，从俞宅散落而来，皆稀见之本，应珍视之。

上录是买书当天，即1998年4月25日所记的书账。

如今回忆起来，那天买书过程中还有两件事，似可借此补记一笔：一是交割完正欲离开，摊主猛然想起什么，命令把书从包中掏出又检查一番，果然从"送米图卷子"中寻出一幅墨笔手迹，是俞平伯先生写的，秀丽而又平实，过录的

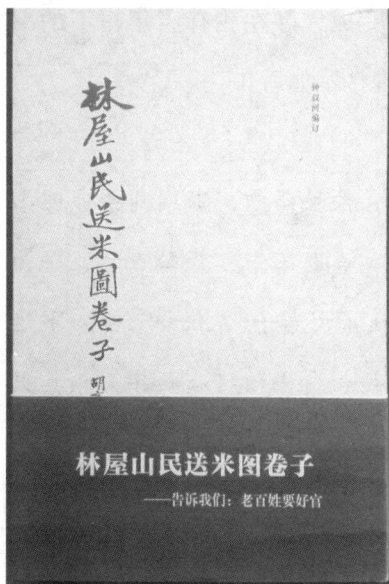

《林屋山民送米图卷子》，湖南美术
出版社 2011 年 10 月出版

是李白的《望庐山瀑布》，记得旁边还有"课孙草"云云的内容。大概这是老先生为孙辈讲解旧诗词用的旧物。摊主异常决绝地说，这个手迹不包括在书里，不卖！任凭我怎样地与之周旋、祈求，让他给定个价，看看自己能否接受，抑或拿别的藏品与之交换等等，均遭拒绝，毫无商量余地。另一件是买书时中国书店西单店的马明武经理也在场，我买书常逛中国书店，与他早就相识。那天买书后，出于礼貌与马经理打个招呼就要离开，他随后跟过来低声说：今天你买到好书了，并用手指了指《敦煌掇琐》。其意思我明白，他看重的是那书上的签名，而我当时凭直觉认为还是《林屋山民送米图卷子》更值得珍视。

后来依据这几册书我写过一篇《俞宅旧物》的小文章，苏州的王稼句先生大概见到了拙文，并在他的文章中提起过

《林屋山民送米图卷子》，老出版家钟叔河先生读到稼句的文章后，表示很想看看这部书。稼句随后来信嘱我复印一册寄给钟先生。钟先生读后，凭着其职业敏感，立即向出版社作了推荐。由于复印件不能影印，他又遣人来京从我手上取走珂罗版的原版本进行制版。据闻，之后为出版这书曾遭遇了不少困难，但都是钟先生独立克服、解决了，最终促成了这部既有文艺欣赏价值又有社会历史价值的好书的出版。

2010 年 4 月 9 日

夏枝巢的《九十回忆篇》

《枝巢九十回忆篇》，1963 年 8 月
于香港刊印

从书店里买到一套五卷本的《林海音文集》，不由得让我想起一位几乎被人们遗忘的老人——夏枝巢先生。

所以有如此联想，乃枝巢老人正是林海音丈夫夏承楹的父亲。夏枝巢（1874—1963），名仁虎，字蔚如，别号枝巢，江苏南京人。光绪二十四年（1898）来京后即迁居北京，先后在刑部、邮传部等处任职。辛亥革命时期又当过北洋政府盐务署署长、国务院秘书长。1928年宦海隐退后，他接任了中山公园董事长的职务，与傅沅叔、张伯驹等经常参加一些诗社活动。抗日战争时期，他先后任北京大学、北京师范大学教授。1949年后，还被聘为中央文史馆馆员。因枝巢老人久居京城，长期活跃于政界、教育界，见闻既广，又勤于著述，故创作颇丰。前些年北京古籍出版社重新出版了他的《旧京琐记》，此书为旧时京城的历史、风俗、掌故及宫廷生活等提供了一些难得的史料，非常人所能道。遗憾的是枝巢老人的许多著述当年都是自费出版的，坊间并不易见。就我多年的购书经历看，仅见过《啸庵文稿》《啸庵诗稿》《啸庵词》等几书的零本残册，如今手边只保存一册他的《枝巢九十回忆篇》。

《枝巢九十回忆篇》，线装铅印一册，章士钊题耑。1963年春，适枝巢老人九十寿辰，那时他双目已盲，作此篇只能口述，由其子承栋笔录，同年8月陈一峰先生在香港为其刊印，但枝巢老人未能见到，因为这年的7月他便因病去世了。关于此篇的写作缘由和经过，老人在序中夫子自道说：

予作此篇，叙述生平，纬以时事，告语家人，但期易读易解，近代名词，时亦渗入，此难以冒黎南山诸名作相绳检也。篇分九节，都为二百二十二韵，篇幅既长，用韵重叠，所不难免。惟于每一节中，不令犯复而已。至于上去通叶，乡音借叶，不少先例，亦无足责。中间述及时事蠡测管窥，难言诗史，然念历史是非之公，本诸舆论，野老闲谈，亦即舆论所从出，似亦为改革时代中所宜有者。腹稿久成，适二儿承栋告休还京，命其写出，朗诵一过，觉气势尚未衰颓，脑力似亦未乱，差用自喜。古来诗人惟陆放翁最寿，亦只八十六岁，生平欲成万首诗，晚年乃不能，如望九十盲翁，犹敢作此巨幅，可云大胆，录既竟。因念七十生日，尝举到成诸稿，分贻明辈，今年九十乃无人物，惟有此作，觅人写印分订若干册，贻我知好以代告存，兼博一粲。

此篇"难言诗史"，当是老人自谦，实则这篇二百二十二韵的长诗正是一部诗史，作者从自己出生写起："清代同治末，甲戌吾以降，入伏后一日，坠地闻啼唤。三岁识之无，母教机灯畔，七岁能属对，深蒙伯父赞。"其后写到北京后，又经历了义和团运动，经历过八国联军进驻北京，经历了辛亥革命，经历了袁世凯称帝，经历了北洋军阀统治、国民党统治、日伪统治，及至抗战胜利和解放战争结束，老人亲身有过这么多经历，感受很深，晚年看到新中国取得的变化，不禁为之歌咏起来："红旗入京师，天日始重见，政治大革新，全国都解放，东亚老病夫，一跃成壮健。建设十三年，伟绩难细算。工业最惊人，首重钢与电，工厂次第兴，机械能自创。长江跨桥梁，山腹有车站，石油与煤铁，一一启诸矿。农村土改完，公社成立遍，水利先完成，旱潦资排灌……"诗中流露的感情自然是真诚的，今天看来，记述了作者几十年行踪的这首长诗，不仅为人们研究枝巢老人的生平及思想提供了不可或缺的资料，还可瞥见自晚清至新中国成立这一时段的历史烟云。

《九十回忆篇》每节诗的末尾，还详加注释，不知别人如何，像我这样的知识浅薄者，若不看注释，有些诗句恐怕就不明究竟了。像"七岁能属对，深蒙伯父赞"，注中说"幼为健人伯父所爱，教调四声，作对偶，一夕举吠千门月句令属对，余以鸡啼五夜霜为对，深蒙奖许"。又如"我身既退闲，生活近流浪，六友会青云，一元供晚膳"，注中指作者自退隐官场后，与赵剑秋、郭则沄、傅增湘等六位老友每天午后在青云阁茶馆品茗，晚间则各出一元，于酒楼聚饮，称之为"一元会"。再比如某些注释，不但可以加深对诗的理解，甚至还介绍了不少知识，提供了许多有趣的掌故。如"文宴复不乏，四园盛俦党，元宵夺锦灯，词社掣斑管"，"四园"，注中指为傅增湘的藏园、郭则沄的蛰园、关颖人的稊园以及张伯驹的似园。"元宵夺锦灯",注中曰"蛰园于改岁前,觅能画者绘纱灯,诗成于元宵节前,评定甲乙前列者可选佳灯"。"词社挈斑管",注中指"似园词社制名笔以课词调名刻笔管上分贻同人"。这样的注释在诗篇中留有很多,但读者丝毫不感到枯燥,相反还会增强阅读上的兴趣。

枝巢老人一生著述丰盈。他说"仕宦无所成,撰著乃夙愿",《枝巢九十回忆篇》中,留下了他创作的记述,其中有些还是多年来我们未曾听说过的,像《北海小志》《岁华忆语》《枝巢新乐府》《枝巢编年诗稿》《秦淮志》《玄武湖志》《公园外史》等等。这笔宝贵的近现代文化史料,很值得今人去搜集整理。近见北京某出版社出版一套谈老北京的丛书,入选的八位作者都是熟悉面孔,作品也一版再版,市面上并不难寻。我想,若有人下功夫把枝巢老人那些谈旧京文苑掌故的文章搜罗整理后出版一部,成绩一定可观,读者当不会少。我想,这似乎应是更紧迫的工作。

2005 年 2 月 7 日

中国最早的艺术摄影作品集

——《大风集》

从旧书肆得到的数册俞平伯先生家散落出的藏书中，陈万里所著的《大风集》即为其中之一。这是1924年8月由京华印书局印制，以朴社的名义发行，由著者自费出版的一册摄影集，也是中国摄影史上最早出现的艺术摄影作品集。

此摄影集装帧讲究，开本比十六开还宽大，硬面精装，在墨绿色封面的左上方，横题"大风集"三字且烫银，由马夷初题署，与之对应的斜下方以白云、海鸥、浪花构成一框式装饰画。集内收十二幅摄影作品，每页刊一幅，另加衬纸，珂罗版影印。据陈万里《"五四"时期的摄影生活回忆》一文讲，当时只印了一百册，经过了几十年的风云沧桑，世间恐怕留存不下几册了。

陈万里，名鹏，字万里，1892年生于苏州，1917年毕业

《大风集》，1924 年作者自费出版，朴社发行

于国立北京医学专门学校，不久到北京大学任校医。五四运动时蔡元培先生正执掌北京大学，在他"兼容并包"思想的倡导下，学校成立了各种研究会，诸如书法研究会、歌谣研究会等等。此时陈万里联络了校内一些摄影爱好者，在学校组织过一次摄影作品展，引起了师生注意。1923 年冬，他们决定成立一民间摄影组织，即"艺术写真研究会"，后正式改名为"光社"。这是我国历史上正式成立的第一个摄影团体。著名学者刘半农不久也加入了光社。

光社成立后，1924 年 6 月在中央公园（今北京中山公园）举办了第一次社员摄影作品展，陈万里送了六十幅作品参展。展览结束后，在朋友的怂恿下，他从中精选出十二幅，自费印了这册《大风集》。

《大风集》所收的作品，显示了我国早期艺术摄影的一些特点，如不讲究色调的清晰与明亮，着力追求一种朦胧写意的效果，像《大风起兮》《群羊》等幅即如此。另外，还可以看出作者受中国古典诗词与绘画的影响较深，如《胥江帆影》《上林春色》《寂静》等即是。从艺术上看，某些作品尚见功力，《仿倪云林松石小景》一幅，层次分明，明暗、虚实等技巧掌握得也很到位。如果说它们的不足，以今天的眼光看，艺术上较为平常，从内容上说，作品在取材上还不够丰富。

《大风集》不仅收了十二幅摄影作品，更重要的是还收有作者的自序及俞平伯、钱稻孙、顾颉刚三先生的题词和序，它们具有极为珍贵的史料价值。

作者的自序，着重提出了摄影的民族化问题，这与"五四"时期的时代精神相一致。他说："（摄影艺术）最重要的，在能表示中国艺术的色彩，发扬中国艺术的特点……我这本小册子，甚希望还出我本色，使得它无愧为中国人的摄影集。"

顾颉刚以挚友的身份在序中点出了这部摄影集的价值："这一本集子，是他的第一册照相集，也就是中国人

陈万里摄影《仿倪云林松石小景》

的第一册照相集，在美术史上非常地可以纪念。"

钱稻孙先生的序，肯定了摄影是一门独立的艺术。摄影是舶来品，自 19 世纪 40 年代传入中国后，长期以来没有赢得人们对它的尊敬，即便到 20 世纪的 20 年代初，还有人认为它不是一门独立的艺术。有人讲"照相总比不上图画"，也有人说"摄影工作绝对是机械的"，甚至当时的著名学者钱玄同竟嘲讽道："凡爱好摄影者，必是低能儿。"鉴于此，就要求摄影者们拿得出优秀作品，《大风集》的出版，正是显示了这一实绩成果；另一方面，也要求在理论上作出阐述。钱稻孙先生的序作了有益探索，他指出，"（摄影是）真正感激于自然美而不能自已地用种种方法来创作成表现个性的艺术美"。肯定了摄影是门独立的艺术，应具有自己的形式特点和作者的个人风格。

俞平伯先生为本集撰写了题词，对摄影这门新兴的艺术予以支持，借此也表达了自己的摄影观，并对《大风集》作了较高的评价。可惜这段宝贵的史料多年来一直湮没不彰，孙玉蓉女士编辑的《俞平伯研究资料》未见记载，近年出版的《俞平伯全集》也未收录，可看作俞平伯的佚文，现迻录如下：

以一心映现万物，不以万物役一心。

遂觉合不伤密，离不病疏。

摄影得以艺名于中土，将由此始。

万里先生曰何如？

题《大风集》首页

俞平伯　　十三年八月

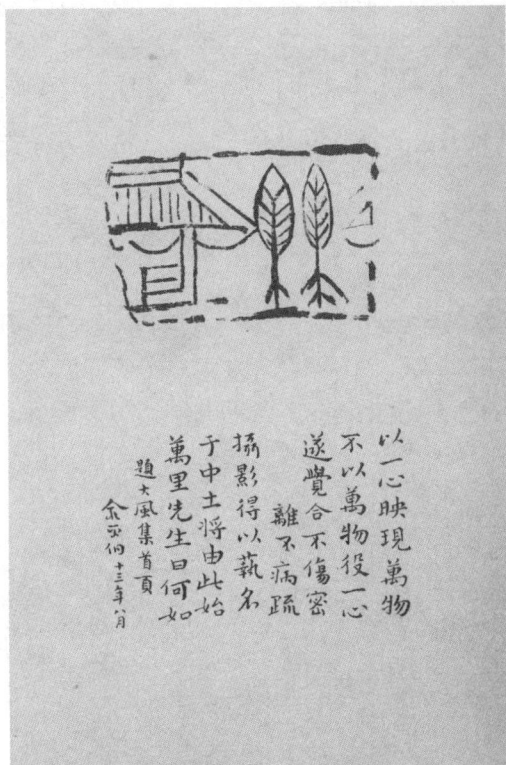

俞平伯为《大风集》题词手迹

我得到的这册《大风集》还是签名本，扉页上留有陈先生的墨宝：

平伯先生教正

　　陈万里敬赠

　　　　　　　　　　　　　　一四、一、一○

1990 年俞平伯先生走完了他九十年的人生之旅，故去后，不知何因其藏书没能完整地保存下来，这是殊为可惜的。

　　　　　　　　　　　　　　1999 年 8 月 5 日

　　　　　　　　　　　　2018 年 12 月 2 日改讫

《黑白影集》

　　20 世纪 90 年代初，在北京的地坛体育场，每到休息日，只要交上几元钱的手续费，人们便可以在里面设摊卖书，因我的住处离这儿不远，故时常来逛逛，不少书得之于此。谁知好景不长，没两年，书摊被取消了，据说要"还体育设施于民"，这是个硬道理，没什么好商量的。取消就取消吧，但爱书人聚在一起时，不免常常怀恋起它。后来，这里又成立了一个地坛文化市场，就在体育场往东不远的一片树林旁，用铁栅栏围出的一块空地，里面也可以卖书，设施虽简陋，总算又有了淘书的好去处，这册 1935 年 6 月出版的《黑白影集》即购置于此。它十六开本，硬面精装，铜版纸印刷，由 20 世纪 30 年代我国极具影响力的摄影团体"黑白影社"出版。黑白影社在其存世的八年中，分别于 1934 年、1935 年及 1937 年共出版过三册摄影集，我虽仅得其一，仍很珍贵，这

《黑白影集》，1935年6月出版

册经历了半个世纪的出版物，已难寻觅了。

摄影术是舶来品，第一次鸦片战争之后才由西方传教士传入中国，但之后的几十年间它并未引起人们的重视，仅是作为有闲阶层的一种玩物。五四新文化运动的开展，才使摄影术具有了一种革新的意义。1919年北京大学的业余摄影爱好者陈万里等人，在校内举办了第一次摄影作品展，并成立了"艺术写真研究会"，这即是后来正式的我国第一个摄影艺术团体——光社的前身。不久后，广州、南京、上海等地的摄影爱好者也相继成立了摄影组织，他们经常举办展览，出版摄影书刊等等，有力地推动了我国艺术摄影的发展。

黑白影社于1930年元旦在上海成立，1937年因抗日战争爆发而结束活动。最初它是由陈传霖、卢施福、林泽苍、聂光地等七位摄影爱好者发起组织的，社址设在上海跑马厅485号卢施福的医寓内，并选择"太极图"作为影社的社徽。关于社名、社徽，卢施福是这样解释其含意的：

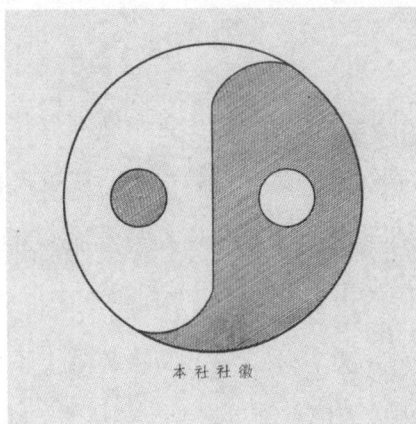

本社社徽

"黑白影社"的社徽

黑，从科学立场上说——物体受着太阳的七色光线全部吸收而不反射，则成黑色。白，从科学立场上说——物体受着太阳的七色光线全部反射出不吸收，则成白色。这是说明"黑""白"就是"光"的全部，就是"色"的全体。"摄影"就是"光"和"色"所寄托的肉体，"光"和"色"也就是"摄影"的灵魂。天地道体的本原叫做"太极"，而"太极图"亦以"黑白"二色为徽。本社以"黑白"为社名，以"太极图"为社徽，亦则本乎此义，此外就并无其他更高深的意味了。但是本社社徽的"太极图"是与众不同的，就是中心作一直线以示"正直"；两旁两点作平行以示"平等"。意思就是说——本社社友的为艺之道在"正直平等，不分高下你我"之上立足！

黑白影社在其活动的八年中，不断发展壮大。从当初仅有七人最后发展到有会员一百〇八人，成员来自祖国的四面八方，甚至还有港澳地区及海外人士参加，可以说在当年已是一个覆盖全国的摄影组织了。当时活跃于摄影界的吴印咸、吴中行、敖恩洪、史震怀、沙飞（原名司徒怀）及著名画家叶浅予甚至后来成为国家副主席的荣毅仁等，都是该社成员。

黑白影社的社章中曾规定"每年举行公开展览最少一次"，但由于各种条件的限制，未完全按规章办，即便这样，它仍举办了四届颇具影响的影展。我得到的这册影集，出版于1935年6月，就是为第三届影展做宣传而出版的，第三届影展时间是1935年的7月6日至14日，当时五十九位作者送交了二百六十八幅作品，影集收入的这八十幅均在展览之列。

影集中的作品，题材广泛，形式多样，它包括风景、民俗、艺人、花鸟、肖像、静物、裸体及体育摄影等等。其中不乏精彩之作，如敖恩洪的《寒江夕照》、陈传霖的《春江水暖》、黄崇业的《行云东去》等风景照，都充满着诗情画意。某些作品，还显示了作者的刻意追求，如丁陛保的《首途》，拍摄了一头沙漠中行走的骆驼，着力表现出一种模糊效果。画家叶浅予有三幅作品入选，显示了他多方面的艺术才能，像《渔家女》一幅，画面上的划船姑娘，其健美的体态及自然的神情，极富生活气息。摄影集还收入了不少反映下层百姓生活的作品，这表明，摄影已走出了象牙之塔。一切有良知的摄影家们，在百姓的贫困生活面前，并未熟视无睹，如史震怀的《碌碌为谁忙》和吴印咸的《难兄难弟》，前者取了一幅农民肩担土筐忙碌的场面，他们为谁而忙碌呢？作品的寓意是明显的。后者拍摄了两只口被罩住的毛驴，亦可引起人们丰富的联想。

叶浅予摄影作品《渔家女》

买到此书，着实令我激动了几天。可没过多久，这家文化市场不知何故，很快被取缔了，想到京城旧书肆又少了一家，心中有一种说不出的滋味。

2002 年 3 月 15 日

白石老人的新年告白

1932 年的春节是 2 月 6 日，在这之前的 1 月 16 日，《北京画报》刊发了一则《白石老人手书新年之告白》，题目为画报的编者所加，齐翁自拟的是《老年人善忘》，文曰：

齐白石行年七十又二矣，独能善忘。尝呼工人，工人至，忘其为何事也。即来家书，须立复，经夜必忘。凡朋友及世谊之寿诞、哀悼，及嫁娶等事，承经通告者，多忘其期，或忽能忆及，期已过矣。至多违命，乞诸君谅而恕之。

齐白石何以在春节之前如此郑重地作这样一则启事呢？

那时的齐白石画名大振，慕名而来的上门索画者委实不少，老人不堪其扰，对那些事先未约好的来客，他往往隔门说"齐白石不在家"，倘仍不肯去而再三麻烦者，甚至以幽默

的口吻回答："齐白石已经死了。"（见熊佛西《怀白石老人》）

这则告白则以"善忘"为托词，恐怕也是老人不得已而为之的又一种手法。比如对某些索画者，有时不好驳人情面，兴许一时口头答应下来，日后即以"忘了"为借口，倚老卖老，你又能奈何？

当然，这样的"善忘"是否还有其深意在焉，我不好妄加推测，但，我愿把白石山翁后来在《白石老人自传》中写出的当时的背景转述如下，请读者自行判断：

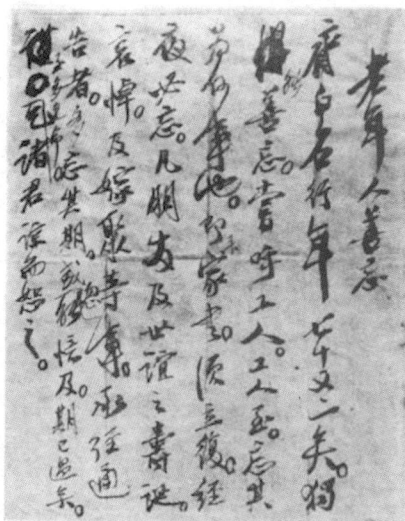
《北京画报》刊发的《白石老人手书新年之告白》手迹

自辽沈沦陷后，锦州又告失守，战火迫近了榆关、平津一带，人心浮动，富有之家，纷纷南迁。北平市上，敌方人员，往来不绝，他们慕我的名，时常登门来访，有的送我礼物，有的约我去吃饭，还有请我去照相，目的是想白使唤我，替他们拼命去画，好让他们带回国去赚钱发财。我不胜其烦，明知他们诡计多端，内中是有肮脏作用的。况且我虽是一个毫无能力的人，多少总还有一点爱国心，假使愿意去听他们的使唤，那我简直对不起我这七十岁的年纪了，因此在无办法中想出一个办法：把大门紧紧关上，门里头加一把大锁，有人来叫门，我先在门缝中看清是谁，能见的开门请进，不愿见的，命我的女仆，回说"主人不在家"，不去开门，他们也就无法进来，只好扫兴地走了。这是不拒而拒的妙法，在他们没有见着我之时，先给他们一个闭门羹，否则，他们见着了我，当面不便下逐客令，那就脱不掉许多麻烦了。

2016 年 2 月 9 日

彩色版《子恺漫画选》

一提起漫画家丰子恺，人们自然会想到缘缘堂。1933年缘缘堂在石门湾落成后，丰子恺便陆续把自己的近万卷藏书、多年来创作的画稿及珍贵物品，都收藏在了缘缘堂，每年一到寒暑假，丰子恺总要回到缘缘堂去住。在他看来，"倘秦始皇要拿阿房宫和我交换，石季伦愿把金谷园来和我对调，我决不同意"（《辞缘缘堂》）。但1937年"八·一三"淞沪战争爆发后，缘缘堂就岌岌可危了，日寇的炮火日益逼近石门

彩色版《子恺漫画选》，万叶书店1946年12月出版

· 142 ·

湾。11月6日石门湾即遭轰炸，是夜丰子恺率家属离开缘缘堂，避居到妹妹家里，谁知这一去，和深深眷恋着的缘缘堂竟成永诀。11月21日，丰子恺又率家人离开妹妹家，至此走上了逃难与流徙的路程。翌年春节刚过，从友人寄来的信上丰子恺得知，缘缘堂已全部焚毁，那凝结着多年心血创作的绘画和房舍一起，统统化为了一片焦土。

丰子恺率家眷一路逃难，先到江西，而后长沙、汉口、桂林、遵义，最后到了重庆。在大后方稍稍住定之后，令他梦魂萦绕的是在缘缘堂被焚毁的那些画稿，于是在教学和写作之外，他全身心投入到绘画之中。凭记忆，他把那些旧画补作了出来，又创作了一些新画，至抗战胜利时，已积得二百六十幅。凭借着这些作品，丰子恺先后在重庆、汉口、上海举办了展览，参观者甚众，反响很大。他说："每次展览，我自己不到会场则已。若到会场，必然受到许多观者的要求：'先生可否把这些画彩色影印出来，装订成册，让大家可以买回去欣赏？'有的人选了好几次，重订（我的画展作品皆非卖，但可重订，即另绘一幅）了四幅乃至八幅，对我说：'我恨不得重订全部。可惜没有这许多钱。你何不彩色刊印出来？我一定买一百部来分送朋友。'"丰子恺何尝又不想出版一册呢？不过他还有些犹豫，认为若彩色出版，势必会增加成本，况且出版社是否乐于接受，也是个问题，此事一时便搁了下来。上海展览会结束不久，丰子恺的学生钱君匋找到老师，建议他出版这册印书，并告之万叶书店愿承担出版，那时钱君匋正主持着该书店的工作。有弟子的鼎力支持，丰子恺自然高兴，一口答应下来。

由钱君匋主其事的《子恺漫画选》，于 1946 年 12 月出版，此书印制得不失庄重典雅，二十开本，硬面精装，在浅棕色封面上压印的书名及装饰画均烫银。书内收入的三十六幅作品是从那二百六十幅中精选出来先单印，然后再贴到书页中央，并加玻璃衬纸。用丰子恺的话讲，可看作"是我的画展的缩图或拔粹"，"包含我的作品的各种笔调"（彩色版《子恺漫画选·自序》）。所谓的各种笔调，大体是指这样几类内容，一类是以儿童生活为题材的漫画，如《锣鼓响》《无条件劳动》等都是脍炙人口的佳作。关于创作这些画时的心情，丰子恺说道："由于'热爱'和'亲近'，我深深地体会了孩子们的心里，发现了一个和成人世界完全不同的儿童世界。"如这幅《星期日是母亲的烦恼日》，便淋漓尽致地表现了儿童活泼、顽皮的特征。图中描画孩子们在玩得兴奋时，就顾不得一切了，在家中抢起了大刀，耍开了长矛，于是乎被折腾得一片狼藉，此时又有哪个孩子听得进母亲的劝阻。丰子恺还有一类漫画是对社会生活中不合理的现象进行讽刺和揭露，表现出鲜明的倾向性。如《劳动节特刊的读者不是劳动者》《最后的吻》《同情》《赚钱勿吃力，吃力勿赚钱》《都市奇观》《病车》等都是。像《赚钱勿吃力，吃力勿赚钱》，图中描绘资本家西服革履，手中烟缕袅

丰子恺漫画作品《星期日是母亲的烦恼日》

袅，斜靠在阳台上，一副趾高气扬的样子，而为他干活的工人们或肩挑或背驮着重物，吃力地走向堆栈。在《最后的吻》中，画一个贫苦母亲因无力喂养自己生下的孩子，只好忍痛把他送到育婴堂，而墙脚下却有一只母狗正在喂养两只小狗。应该说，丰子恺描画这些社会的黑暗面和不合理的现象，不仅在于展示，目的是消除这种罪恶现象。他曾请人刻过一枚图章，曰"速朽之作"，他说："凡是描写伤心惨目的景象的画，都盖上这图章，意思是希望这幅画'速朽'，即这些景象快快消灭。"（《新年大喜》）短短一语，道出了其鲜明的爱憎

感情。以上这两类，构成了彩色版《子恺漫画选》中的重要内容。另外，书中还有几幅是规劝世人护生戒杀的，像《倘使羊识字》等，这类作品实质只是在提倡一种仁爱的生活方式。有人攻讦这是敌友不分，实在是有些片面，倘若敌友不分，又如何理解那些谴责社会弊端的漫画也会出自同一人之笔呢？丰子恺还有一类作品是以古诗词为题创作的，像本书中收入的《阑干十二曲，垂手明如玉》《草草杯盘供笑语》《山高月小水落石出》等等，这类作品，隽永有味，替古人名句开拓出新的意境，也应该引起重视。

　　丰子恺自1925年12月由上海文学周报社推出其生平第一部漫画集《子恺漫画》，至新中国成立前这一时段，据粗略统计，大概出版过近三十部的漫画集，万叶版《子恺漫画选》却是唯一一部彩色印制的，如果说民国时期的出版物也有珍本，窃以为彩色版《子恺漫画选》完全有资格入选。寒斋所藏的这册，是几年前我从旧货市场得到的。记得那天在逛了一段时间后，一无所获，正与书友话别欲离开市场，偶一回头，发现不远处有册棕色封面的旧书，走过去拿起一看，正是这册彩色版《子恺漫画选》。如今事后想想，倒多亏有我当时那回头一顾，否则，也许就得不到这册珍本书了。

2004 年 4 月 3 日

丁聪说《花街》

1946年，吴祖光、丁聪在上海联手主编了一份图文并茂的文学期刊《清明》，共出版四期，在当年7月的第三期上，吴祖光发表了散文《断肠人在天涯——花街行》，丁聪配了一幅亦名《花街》的漫画插图。文中追述1943年夏，他与丁聪、吕恩等人化装打扮成下等人，逃过卫兵检查，到成都一群生活在社会最底层的可怜人——下等妓女的集中地天涯石"花街"探访的情形。昏黄的灯光下，这个人肉市场充斥着追逐笑骂，嫖客当街就在女人身上肆意摸索，那些妓女形销骨立，许多人得了性病，腿上贴着膏药，腋下

刊发《花街》漫画的《清明》第3号，1946年7月16日出版

流着脓血，呆滞的目光显示着对生活的绝望。

这幅人间惨景，给亲历者留下深刻印记，以致事过多年还屡屡提及。吴祖光1979年写的《三十七载因缘——小记丁聪兄》提到这段探访"花街"的经历时，还在为当年的无能为力而深深自责："人间果真有这样的地狱啊！我们怀着悲愤凄惋却又无可奈何的心情，眼看着我们的姐妹在受苦受难而全然爱莫能助，终于无限怅惘地离开这个令人心酸落泪的地方。"

吕恩女士近年写有《丁聪画〈花街〉前后》刊于《万象》，文章娓娓道来，叙述此事颇详。相比较而言，数丁聪的回忆最为简略了，他在《转蓬的一生——我的漫画生涯》中讲到此事时仅一笔带过："在成都的两年，是我创作欲最高、创作成绩最显著的两年。我与吴祖光等化装探访了成都最下等妓女的麇集之所，归来画出彩墨漫画《花街》。"

丁聪绘《花街》

难道漫画家这样地吝啬笔墨？其实不然，早在1947年他就发表过《"花街"的访问》，只是这篇文章多年来未见有人提及，恐怕连作者自己也早已忘记了。

这篇文章刊于 1947 年 8 月 27 日北平出版的《国民新报》副刊《艺术阵地》。这个副刊刚于文章发表前的 7 月 23 日创办，每周三出版，由木刻家刘铁华主编。与丁聪文同时刊载的还有叶浅予的《漫画的定义》、张光宇的《"四进士"下的余生》、张正宇的《名士风流》、廖冰兄的《试序〈夜梦图录〉》，堪称是一组漫画家谈漫画的珍贵史料。

《"花街"的访问》，文章不长，但内容却很重要，它彰显了一名正直的艺术家的道德良知和应有的社会责任感，现抄录如下：

在无星无月之夜，我访问"花街"。

大概为了黑暗下不能暴露吧？我被武装同志"挡驾"于街头。

然而，腐肉的臭味依然盈溢于街外。

我没有为肉臭而掩鼻，我却憎恨那些"冠冕"堂皇外表内里藏着的更腐臭的心，因为这是一切腐臭

《国民新报》副刊《艺术阵地》上刊发的丁聪《"花街"的访问》

的根源。

我愿读者于"花街"之前，嗅到那些心的气息。如果你们嗅不到，我们漫画工作者有义务为你们打开这些心门。

应该指出的是，文中说被武装同志"挡驾"于街头，即没能进入"花街"，而这与吴祖光、吕恩所说的有异。设想一下，若没能进入，画家如何进行创作？况且创作的又是一幅极有艺术震撼力的作品，因此我怀疑文中的这次花街之行与吴、吕所指的可能不是同一次。吕恩的文中还交代了这样一件事，说在他们一同造访花街后"第二天上午，小丁一人一早就出去了，中午才回来"，他又独自去了一趟花街，被"挡驾"的会是这次吗，唯"上午"与"无星无月之夜"在时辰上又对不上，如此说来，抑或有丁聪的第三次花街行？为解这个疑惑，我想最好的办法还是请教于吕恩女士，于是那天冒昧地在她的微博上留了言。当然，考虑到老人已年过九旬，又是一位陌生人的提问，即便她不作答复也能理解。然而，欣喜的是很快即收到了老人回信，她说：

我和丁聪去成都花街就只一次，当时我们都住下五世同堂街，第二天上午我没有看见丁聪，后来我问他，他说又去

·150·

了一次花街，以后他又去我把（按：疑为"不"字）知道。

回答虽未能解疑，但我已很知足了。其实，去了几次花街，具体什么时间去的并非是多么要紧的事，最最重要的是漫画家们都应该像丁聪那样尽到自己的社会责任，此在今天仍未失去其现实性。然而，今天还有这样的漫画家吗？

2012 年 2 月 25 日

"褐木庐"主人和他的藏书票

  藏书票是舶来品，据专家考证，距今已有五百多年历史，传入中国大概是"五四"以后的事。新文学作家中叶灵凤、施蛰存、孙大雨、邵洵美被视为是我国使用藏书票的先行者，但，还应提到的一位是宋春舫。

  宋春舫（1892—1938），浙江吴兴人，著名剧作家、戏剧理论家。他 1914 年于上海圣约翰大学毕业，后到瑞士留学，其间曾遍访欧洲各国，对戏剧产生了浓厚兴趣，搜集了众多戏剧书籍。1916 年回国后，先后到北京大学、清华大学、东吴大学等校任教，此后，又在青岛大学担任过图书馆馆长，并在那里创立了私人图书馆，馆名曰"褐木庐"，用来专藏戏剧书刊。关于这个馆的命名及馆藏情况，参观过"褐木庐"的赵景深先生在《宋春舫纪念》一文中写道：

所谓褐木庐（Cormora）即法国三文人 Corneille, Moliere, Racine 开端各二三字的"缩合"。这褐木庐就是他私人的戏剧图书馆，所藏如表演术、伶人回忆、舞台建筑、儿童剧、电影、舞蹈、对话、辞典、戏剧史、灯光及效果、服装、傀儡戏、音乐与歌剧、布景、编剧法、朗读、演剧技巧及原理，中国、捷克、丹麦、冰岛、英、美、爱尔兰、加拿大、法、比、瑞士、德、奥、希腊、罗马、荷兰、匈牙利、印度、意大利、日本、波兰、俄、瑞典、西班牙、南美、葡萄牙、土耳其等地的戏剧及其戏剧史等著作，可谓洋洋大观。他能直接看法、英、德等国文字，所以藏书大部分是第一道手的原文，不是辗转翻译出来的。

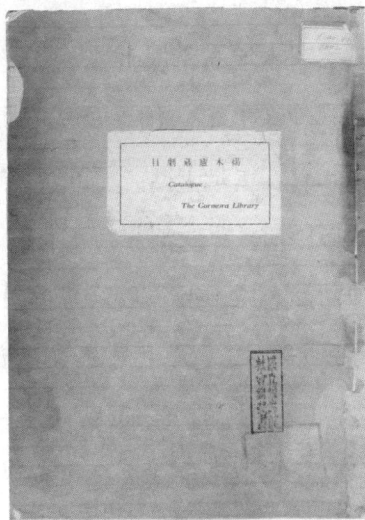

《褐木庐藏剧目》，1932 年作者自费出版

赵景深所言不虚，"褐木庐"馆藏确实丰富，1932年宋春舫曾编过一册《褐木庐藏剧目》，内收藏书已有三千多册，至 1938 年他去世时，据陈子善先生在《宋春舫"褐木庐"藏书种种》

一文中介绍，这时其藏书已达七千八百册，可见"褐木庐"是座馆藏戏剧资料极为丰富的宝库。

宋春舫非常珍爱自己的藏书，不仅设专馆来收藏，而且还精心为其设计过藏书票。一枚名为"褐木庐"，由打开的书本、羽毛笔及C、B两英文字母合成的墨水瓶构成图案，具有西洋风味。前些年在北京琉璃厂"海王邨"旧书店，出现不少册贴有这枚藏书票的"褐木庐"藏书，沪上陈子善先生、台湾吴兴文先生都有幸买到过，并撰文作了介绍。但宋春舫另有一枚名为"春舫藏书"的书票，多年来还未见有人提及，借此我略说几句。

友人白君是旧书肆常客，不久前在东城灯市口旧书店的一堆外文书中，有幸觅得一册宋春舫的旧藏，承他不弃，携给我看，这是1905年美国马萨诸塞州的达波·艾博斯特出版社出版的《可爱的泥马车》，一册剧本，由哈佛大学的梵文教师阿瑟·威廉姆·瑞德博士根据梵文转译而来。此书装帧堪称豪华，二十开毛边本，蓝布纹面精装，书顶烫金，这枚"春舫藏书"的书票就贴在了封里的正中央。它构图简单，在由鸟兽构成的框式内，题有"春舫藏书"四个大字。与"褐木庐"藏书票相比，这枚更具有民族风格，它采用了汉画像中的鸟兽图案，并与古老的篆字相搭配，呈现出一种东方情调，具有和谐之美。

应该说明的是，在这枚"春舫藏书"的书票上，还印有"褐木庐"的藏书编号，其编号为 IND/0610，不过从我收藏的《褐木庐藏剧目》一书中，未查到本书的记载，为何失收，因没作过研究，不敢置词，但能欣赏到"褐木庐"主人的藏书及藏书票，总是令人愉快的。

宋春舫藏书票

2005 年 1 月 10 日

现代书籍装帧图史

——读《书衣百影》

一册书最先进入读者眼帘的是封面，格调高雅的封面往往给人以美感。甚至有时不用读书的内容，仅凭这封面，就会勾起读者买书的欲望。

封面又称书衣，指的是书籍装帧，在我国是近代，特别是"五四"以后才出现的。我们古代的书籍都是木板线装的形式，并在一张纸条上题写书名，再贴到封面上，以此区别此书与彼书的不同。清末，随着西方印刷术的传入，有人尝试用彩色的图画装饰封面。五四新文化运动更是开启了书籍装帧的新纪元，鲁迅对装帧艺术的提倡更是不遗余力的，他还设计过数十种封面，在其影响下，涌现了一批成绩显著的装帧设计家，对他们的工作进行整理、总结是必要的。遗憾的是，几十年来我们不够重视此事，仅见出版过《鲁迅与书籍装帧》《曹辛之装帧艺术》等几部画集，均是个人专题性质的，未能反映出发展的脉络和整体面貌。今天，我们欣喜地读到了姜德明先生编著的三联书店出版的《书衣百影》一书，多少弥补了这一遗憾。

《书衣百影》，姜德明编著，三联书店 1999 年 12 月出版

编者是位著名的藏书家，《书衣百影》是他从自己的藏书中精选出百幅优秀的装帧设计而编成的画集，每幅还配有说明文字，可称是部图文并茂的书稿。纵观全书，基本反映了我国现代书籍装帧发展的脉络。首幅《女儿花》是清末的作品，书中写的虽是中国故事，封面却用位洋人来装帧，体现出当时的设计还处于幼稚的模仿阶段。另一幅诞生于民国初

年的《礼拜六》杂志，封面绘一美女，颇与那时月份牌上的招贴画相似，亦见时代痕迹。五四新文化运动对书籍装帧具有决定性的意义，这时的设计家们进行了大胆的探索，有的以写意为主，有的以写实为主，还有人更多地接受了外来的东西，一时形成了风格多样、流派纷呈的局面。陶元庆是位鲁迅赏识的装帧家，他为许钦文《故乡》所作的封面，构图大胆、色彩明快。丰子恺是位漫画家，他为《我的七月》《草原的故事》作的书衣，仍以漫画出之，用色单一，但富有诗情画意。陈之佛为《苏联短篇小说集》《发掘》作的设计，看出其善用几何图案或古代纹饰来装帧，具有很强的装饰性。钱君匋入选本书的作品最多，从中可见其风格的演进。如早期他为《文艺与性爱》所作的设计，以植物纹样来装饰，讲究布局的平衡统一，显然受日本装饰风格的影响。到20世纪30年代他为《文丛》所作的封面，则更喜欢用书法来装帧，趋于民族化。

本书另一个显著特点，即这部书是用书话体的形式编著的一部现代装帧简史，姜先生是写作书话的名家，他为每幅图所作的解释文字，短小隽永，不少地方采用的都是皆不经见的第一手资料，具有重要的史料价值。

书籍的装帧设计如今日渐引起人们的重视，甚至计算机技术也参与到了设计当中，但客观地讲，在浩如烟海的当代出版物中，虽不乏优秀的装帧设计，但平庸之作仍为数不少，看看前辈们的创作，对我们的书籍装帧设计当会有启发和借鉴。

2000 年 3 月 15 日

《都门四记》编后记

　　本书系著名画家于非厂所撰《都门钓鱼记》《都门艺兰记》《都门鬟鸽记》和《都门蟋蟀记》的合集。

　　于照（1889—1959），字非厂，别署非闇、非庵，又号闲人、非心、今是等，山东蓬莱人，母系为爱新觉罗氏。于非厂幼时读过私塾，1908 年入满蒙高等学堂，1912 年入北京师范学校学习，一年后任教于北京市立第二小学、北京市立第一中学，1927 年辞去教职。之后又任《北平晨报》编辑，同时向民间画家王润暄学习绘画、研制颜料及饲养昆虫的方法。1935 年到故宫古物陈列所（今故宫博物院）工作，临摹、研究了故宫收藏的大量绘画，打下了坚实的传统绘画基础。此时担任古物陈列所附设的国画研究馆的导师，并先后任教于北京师范学校、京华美术专科学校、华北大学、北平艺术专科学校。1936 年在北平中山公园举办首次个人画展，1938 年与张大千组织画友成立春明画会，先后举办四次展览。1939年于《新北京报》主编《艺术周刊》，1946年在《新民报》北平版主编《北京人》副刊。1949年后，相继担任中央民族美术研究所研究员、北京中国画院（今北京画院）画师、副院长等职。

于非厂长期任《北平晨报》记者、美编，不仅是著名画家，还是一位著名作家。所撰《都门钓鱼记》《都门艺兰记》《都门鹙鸽记》和《都门蟋蟀记》，可并称《都门四记》，——这并非是编者代拟，实乃出自于氏的夫子自道："往者不自量力，举所知为《都门四记》（鹙鸽钓鱼艺兰蟋蟀）。"（《钓鱼答客问》，载1932年5月23日《北平晨报》）

《都门四记》最初均连载于《晨报》，其中《都门钓鱼记》《都门艺兰记》《都门鹙鸽记》1928年5月由晨报出版社出版单行本，收入本编的这三种即以当年的初版本为底本；而《都门蟋蟀记》则未出过单行本，并且是一部未成之作。按作者当初设想，作品拟由"形性第一""种类第二""蓄养第三"和"排斗第四"四部分内容组成，1928年1月31日至1928年5月31日在《晨报》上连载十七篇后，已完成前两部分，而未能全部写完的原因，他在1928年10月30日发表于《新晨报》的《华萼楼随笔·五十》中曾作解释："吾草为蟋蟀之说，不获卒吾篇，而晨报停刊，吾将来仍须卒成之。"但遗憾的是，之后未见他把这部作品补写完成。现在我们只能将在《晨报》上连载的十七篇汇编在一起了。此外，《都门钓鱼记》出版后，于非厂意犹未尽，又先后在《北平晨报》发表《钓鱼记补遗》（连载五篇）、《钓鱼答客问》（连载四篇）、《钓竿》（连载三篇），对旧著中未能周全者加以补充。本编把这部分作为《都门钓鱼记》的附录一并收入。

王世襄说："1928年于非厂先生《都门豢鸽记》问世，日手一册，读之不辍。"（《〈明代鸽经　清宫鸽谱〉序》）"于氏对此文禽，情有独钟，甘为鸽奴，事必躬亲，故所记皆得自经历感受，弥足珍贵。"（《于非厂都门豢鸽》）《都门豢鸽记》还曾有英译本。其实不只豢鸽，于非厂谈及钓鱼、艺兰、蟋蟀，也是基于个人经验，升华而为学问之作，迄今仍为相关领域著述之翘楚，向为留意旧北京风土人情的读者所关注。

征得周作人家属同意，将周氏1950年3月20日发表于《亦报》的《于非厂的笔记》一文作为本编代序。知堂说："于君在北京是以字画和印出名的，但是在我的意见上最推重的乃是闲人的文章，因为这个我还比较的知道一点，对于书画实在是个外行。闲人的那些市井小品真是自有他的一功，松脆隽永，没有人能及，说句俏皮话，颇有他家奕正之风，可以与《帝京景物略》的有些描写竟爽吧。"洵为知音之言。

此次编订，除改正个别明显的排植错字、漏字外，为保存语言的历史风貌，对于一些当年的用字习惯与今天有所差异者仍按原样排印，这是需向读者进行解释的。

本编得以顺利出版，止庵先生出力甚多，山东画报社的徐峙立、怀志霄两位同志也付出了辛勤的工作，在此一并致谢。

《都门四记》，山东画报出版社 2012 年 10 月出版

2012 年 4 月 11 日

附录：

《都门四记》二〇一二年十月由山东画报出版社出版后，近日我闲览一九三四年六月《北晨画刊》，偶见一组《钓鱼续记》的文字，所见共七篇，皆署名闲人，文中起首即言

"闲人生平自认为较有研究者，写闲适之小文外，厥惟钓鱼"，之后又言："民十七时，曾草钓鱼记，梓行以传，其时所记多浅肤，未足尽其道，兹特赓续言之。"如此这组文字正是于非厂《都门钓鱼记》的续篇，遗憾的是当年编《都门四记》时未曾发现。《都门四记》不知何时能够再版，借此把它抄录在这里吧。

2018 年 10 月 11 日

钓鱼续记

（一）

闲人平生自认为较有研究者，写闲适之小文外，厥惟钓鱼。吾躯壳曾饱经事变而不坏，目之明足以察秋毫，心性弥坚苦而弥劲，晨讫暮无倦容，谈笑生风，倔强犹昔，持杆而钓，徜徉于柳荫草际之间，今且逾二十年，知我者不谓吾好嬉戏，吾以是得幸而获生存，钓之益于我盖如此。

吾未尝不足以夤缘于大人老爷，吾未尝不可以投附于某系某派别，吾妻虽已老，子女虽稚，而投入所嗜牺牲之以为钓官钓势钓金钱之具，吾又未尝不肯具决心。故吾钓鱼之瘾之得过，大人老爷金钱势力等等，皆可不问，穷与困宴如也，了无足以动于中。

民十七时，曾草钓鱼记，梓行以传，其时所记多浅肤，未足尽其道，兹特赓续言之。

北平可钓之地，首推天然博物院（即三贝子花园）之"黑水洋"，水深鱼肥，萍藻不甚深厚，小鱼虾之为鱼食者较多，故钓亦较难，然每有得，味特鲜美。颐和园水特清澈，鱼尤肥美，设择僻静处投饵，往往得其大者。吾最喜北海公园，北海公园多游艇，鱼为所优聚一隅，小鱼虾则优游自如，不虞吞噬，大鱼乃有饥不暇择之势，易上钩。"静心斋"之对面，鱼之荟萃处也。中南海久成禁囿，鱼介之多，甲于他所，徒以水面既广，萍藻复深，同类相残，大者噬小，投其饵望望然去，若不屑一顾者，玉带桥横绝南北，北海大鱼若灾官，若失势军阀，投其饵，不问为虾为其蚯蚓，争食，最易致，可慨也夫！向之垂钓处，若高梁桥，若什刹海，若菱角坑，若莲花池，屡遭竭泽，巨细靡遗，枯坐终日，了无所得，已不胜今昔之感已。

钓鱼须先审地利，地既熟，得鱼若探囊。北海鱼最多处，除静心斋前面外，次则五龙亭西南沿岸一带，再次则三希堂前短垣下。中海则居仁堂东垣外沿岸，南海除瀛台之左待月亭前，要以云绘楼后船坞迤南，或新华门之左为最多。而丰泽园迤西，则多大鱼者。

（二）

钓鱼之地既如此，钓鱼之时亦须知。阳历之四五六及八九十月为最佳，四月起下浣，六月至中旬，八月起下旬，直至十月之末，天如和暖，可至十一月中。（皆就北平气候而言。）三月间已可钓，惟不必得大者，至四月初，天暖草长，鱼欲产卵，于是逐队而游，鹣鹣鲽鲽，只知有追逐，历万险而不辞，其为期约至五月初。卵既产，身轻如燕，口贪思食，时已暖，水温，群思觅食，其为期稍骤，约不过六月中旬。自尔天已热，萍藻菱荷之属已盛王，有所蔽，钓渐不易，觅食亦止晨暮。八月至下旬，气渐爽，荷菱之叶渐刈除，水渐清，隐匿无所，日方中，辄蔽萍藻间咋然觅食。九月至十月天渐寒，萍藻亦黄落，小鱼虾无所托，大鱼觅食遂日艰，曝背就温，嗷嗷鸣，投其饵易致，多大者。入冬，水未冻，就日中而钓，斤许之鱼，有时获四五尾也。忌风，忌阴雨，忌酷热。一日之中，四月晨与暮不如之午未，五六月则午未不如晨与暮。八月则午至暮尤佳，九十月惟巳午未可钓。四五月沿岸蒲苇未长，钓可不用舟，九月杪迄结冰，沿岸蒲草已衰疎，巨鳞多隐于此，亦宜沿岸钓，余则维恃舟。

舟之用，以北海之小划船为最佳，不用桨，以竹竿撑之，即水草，撑之法惟稳，须熟练，必水波不兴，徐徐而前，既前，不宜退，退则水荡，未前，须视鱼所，得其所，避荷梗蒲尾无使有声，择水草疎处而前，手执竿，若妙女拈花，轻倩不着力，度已近鱼，徐止，忌骤，骤则水荡草动鱼惊逸。善撑者逼近鱼，鱼且不觉，轻投饵，一挈而出，泼剌有声，喜可知也。当其迹得鱼所也，轻拨，屏其息，平气使勿促，目凝注，一手拄竹竿俾前，一手握钓竿度远近，此时耳无闻，目无瞬，阳光灼肤，热汗浃背，臀木然压船中横板，苦痛已不觉，荣辱死生忧乐皆忘，比近，未投饵而鱼已觉，飘然远引，于是手僵目涨头痛，髀骨酸楚，啸然吁，张口以舒其气，又游目，又有见，又撑，又不闻不瞬，悄然忘其苦痛而前，终一日，未尝疲也。

（三）

钓鱼之法，前记已详，凡所续言，皆指"戳草"。所谓"戳草"，不用浮子，饵用虾或蚯蚓，鱼在水草之下，哄草有声，就其声而投以饵，其势骤，其入草提出也疾，故谓之"戳草"。"戳草"所用钩，须大而锐，丝则弥柔而弥坚者为贵。日人制钓钩，尚可用，惟其丝坚而生硬，最不合。北平以钓钩名者，前有"纪聋子"，纪晚年制稍粗，惟遇斤许之鱼，不驰不折。友人傅君懋儒精于制，所制富弹力，刚柔得中，"戳草"无一失。盖鱼之哄草也，咋然有声，隆然有形，形动声发，鱼之小大多寡以判。声宏动巨，鱼虽大而草必不厚，鱼可往来游，投其饵，有时鱼已去，有时置鱼之后不为见，幸见而来吞，其势游荡，浮而不实，脱非佳钩，往往为所脱，既脱，则他鱼咸惊逸，故钩之第一要义，在一吞而上钩，一钩出水而不脱，不致使他鱼惊逸也。惟是声宏动巨之鱼，有时不即上钩，而在其旁之小鱼往往吞饵，故在善于"戳草"者，当小鱼之吞饵，由钩而丝而竿而传之手上之力，觉脆而微，即已知非大鱼之吞，任其吞噬，不掣而上之，其意盖惧一掣而大鱼反惊逸也。在苇旁草厚之地，鱼哄然有声，声呜咽而沉，草动不甚巨，而动随声且不已，则其鱼沉沦草底，盖数日未曾游动，必巨且大，脱与声宏动大者较，声宏者鳞必金光照眼，声沉者鳞必乌若黑漆，而漆黑者又必大于金光照眼者倍许也。且易上钩，投其饵即吞，往往牵草为动，必力掣始得出，而力掣之钩，日人制者易折，恒制者易驰，故钩之第二要义在不驰不折也。线不柔，不足以入草际，柔而不坚，不足以致大鱼，此盖易晓者。

（四）

钩制之最佳者，既如上述，我有一钩，不详为何人所制，在我手，已历十五六年。曩者，钓鱼长河紫竹院，于苇间拾得，钩丝咸备，盖钓者所遗。此钩有特长，凡投饵时，鱼一见饵即试吞，并不咽下，故在钓者由此吞之力传之手觉一顿，因谓此试吞为"顿"，"顿"必两三次，然后合其口直吞下咽，凡鱼皆如此。"顿"一二次后，鱼直吞必倒退，其退则执竿者见垂直之线已倾斜而徐动，因谓之"走线"，"戳草"而不"走线"，虽力挚不得鱼，"戳草""走线"，他钩亦有时不钩得也。此钩当一二"顿"之后，鱼即为钩刺所牵，不得脱，不必矣"走线"，百无一二失。

去年秋已深，棹小舟"戳草"于北海静心斋之前，残荷叶脱，枯梗纵横，水草衰老，赫然与斜晖争光。于败梗枯草间，发见一鱼，哄草之声，宏沉而重，每一哄，水草动荡呈尺余之辐射形。轻蹑而前，投其饵入草隙，入草隙俗谓之"达下"，乍"达下"即为所吞，隆隆两声，曳之而线走。心知其为巨鳞，且或脱也，手持竿欲横挚，横挚为钓鱼之要诀，挚之术要骤，要疾若矢，腕之力要活，要有节，不可泛扫，意若觉已钩着鱼，即不再力挚也。惟此法不能行于枯梗纵横间，果行，则为梗所阻转失鱼。惧梗阻只有上挚，上挚最不妥，易脱钩，藉使不脱，亦往往钩下唇，不易钩上颚，下唇骨软，脱易，上颚最不易脱。顾此时其势不得不上挚，恃有此钩，或不脱，遂力挚，水泼刺有声，果得鱼，大尺许，权之斤有半之金鳞鲫也。

（五）

钓之为用如上述。在北海以棹舟故，钓竿则不必佳，佳者且无所用。最好为三截竹竿，每截长六尺余即敷用。苇竿较轻，畏水湿，遇巨鳞易折；不若竹竿，可以撑船，可以钓，钓亦挈可以出水，而价又最廉，耐久用不敝。

吾不能如阔人之藏书藏字画藏瓷玉鼎彝；吾所好惟钓鱼。十数年来所得钓竿，在吾视之，直同球璧。竹竿已殷红，竹节因用之久，已光润无棱；苇之色紫若肝，莹泽若玉；殆皆百十年前好事者所自制，未尝一假俗工手。漆竿缠丝，映日闪闪作金光，漆皆在数十次。长者四截，每截九尺有五，短者五截，每截四尺有二三。竹每截之节必相对，苇每节之距短及寸。虽不敢谓蔚为大观。而友朋中若我之嗜痂者盖寡。金石书画，人人知其为宝而宝之；独钓竿，先民呕心沥血发巧思奇制而毁于庸人俗子贩夫小儿女者数已不胜计；吾从而拾之，整理之，揭诸于篇而昭告于人，俾不为庸人俗子贩夫小儿女者所毁弃，从而保护之，其为意与金石书画仅供阔人之把玩者当有别。钓竿之搜集，远在十年前。所得虽不多，汰粗留精，寝寝乎已足吾用而有余。退而息，短衣蓑笠，挟长竿步出阜成门，即柳荫坐，远望翠微山苍茫隐现。垂其纶，泰然平其气，静持竿，得不得无所动于中，觉倦收竿安步而归，以视世之踽踽于名利者无乃妄自颓废也耶？

（六）

日前于北海钓鱼，酷热少风，鱼咋咋然鸣。掉舟五龙亭之西，沿蒲草觅，草密水清，声宏而重。连得三尾，不甚大，才半斤许。以为未足，冒暑沿蒲折而南以迹，图书馆横隔红垣下，于蒲草丛中发为声，声呜咽，凝重而迟，不数数发。心窃喜，以为果钓得，其大当在斤有半。轻掉进，迹之，久久始得其踪，整钩投饵，饵绳至草际，遽为吞，猛掣，鱼已出水，大尺许，泼剌一声，竟脱钩而逸。顿觉热汗涔涔，懊丧至不可奈。反视钩，钩已折，始悟所用者非恒用之钩，乃日人制，故不能得，则又少慰。易钩而前，又迹得，声虽不如逸者之凝重，而呜咽迟缓，必其为巨鳞。投饵而下，左之则右鸣，右之则左鸣，不少顾，亟提顿，历时约二分，不觉"吞"，只见丝缓缓下坠，知有异，一掣而得，大与逸者相埒，乌鳞巨口之老鲫也。其吞饵，俗谓之"蔫撮"，口张势促，一吸而进，不觉"吞"而已下咽，惟大鱼为然，此吞饵——"蔫撮"——于"戏白鱼"时尤恒见。

"戏白鱼"亦为有趣味之钓鱼一种。竿须长，愈长愈妙，故有"一尺竿一尺鱼"之谚。通常竿每截长须八尺有五，四截约三丈五六尺。饵用虾，钩须大而钩柄须长，亦无浮子，借提顿之力为上下。鱼吞虾，其力由钩而丝而竿而传至手，觉隆然一顿，随视丝，丝必倾斜不垂直，一掣即得，视"戳草"较易。若用舟，竿不必特长，即水草深处停舟，投饵于草边，提顿上下，不必目有见耳有闻。月明之夜，漪澜堂前或瀛台之左，以钩穿小虾，提顿以俟，所谓"一钩掣动沧浪月，钩出千秋万古心"，其为乐南面王殆不可易。

（七）

民八之际，冯总统卖鱼，中南北三海密网罟，打捞日夜不倦。鱼受多年豢养，一旦遇难，靡有孑遗，于是赤鳞金环缘茸紫背皆上市，而总统得价才八千元，人因呼之为卖鱼总统。吉林成澹堪先生有老鱼行一首记其事。序曰："三海鬻鱼，获大者长三尺许，鳞作黄金色，项间有银牌一，嘉靖年物也，后为英使所得，载而归国，澹堪见之感叹，作老鱼行。"诗曰："南海滨，北海曲，玉蝀金鳌射红旭，晴波网集打鱼声，多少银鬐破春绿。大者入罟小者衔钩来，小者大者一时出，一鱼跋浪沧溟开。沧溟开处获天赐，仿佛龟龙擅灵异，金麟熠熠银牌光，大书深刻嘉靖某年字。吾思嘉靖朝，已余五百年，五百年中几劫火，尔鱼应自全其天。老鱼闻言忽腾跃，鱼目常醒人语作，本来万古濠梁游，那知十日秦皇索？竭泽而渔之，吾侪何以能咸若？我笑老鱼象齿自焚，胡不衔环献之大君？摸金都尉宜策动，银章兼佩武与文，朝恩之裔鱼将军。鱼乎鱼乎尔何痴？身入番舶将安之？釜中之游何乐为？君不见枯者过河泣，太液池中且殃及。"

《钓鱼续记》首发刊

于非厂笔名小考

拙文《〈都门四记〉编后记》刊发后，不久即收到钦鸿先生邮件，讲读了"编后记"，"兹寄上'笔名录'上于照的词条，请你补正，未知可否？"钦鸿先生多年来致力于中国现代文学研究和海外华文文学研究，成果显著，我先后拜读过他的《文坛话旧》《文坛话旧续集》等书，受益匪浅，而他与徐迺翔合编的《中国现代文学作者笔名录》，也是放于案头经常翻用的一部工具书，这部"笔名录"当年印量少，致使许多爱好新

于非厂在创作

文学的朋友未能买到而甚感遗憾。今欣闻"笔名录"将修订出版，对常常受益于这部书的我来说，能为修订本的补正尽点力所能及的工作感到非常愉快，故不避笔拙，尽其所知，作拙文《于非厂笔名小考》，算是完成钦鸿先生交办的任务，也借此求教于读者。

（一）闲人

此是于非厂最为人知的一个笔名。知堂《于非厂的笔记》中讲："于君在北京是以字画和印出名的，但是在我的意见上最推重的乃是闲人的文章。""闲人的那些市井小品真是自有他的一功，松脆隽永，没有人能及，说句俏皮话，颇有他家奕正之风，可以与《帝京景物略》的有些描写竞爽吧。"关于这个署名，抗战胜利后，于非厂在《新民报》北平版主编《北京人》副刊，在专栏《土话谈天》的《笔名》（1946 年 9 月 22 日）一篇中有言："我这'闲人'的笔名，虽不同'王麻子剪刀'，确是用它已二十年了，那时是在《晨报》，后来在《北平晨报》，直至'七七事变'前，还在《华北日报》《实报》用它来写东西，等到用它的资格来入宪兵队，来挨几顿'洋揍'才完。"这段自述明确地告知读者早在 20 世纪 20 年代他即开始使用"闲人"的署名发表作品了，唯我见闻有限，更多的是从三四十年代出版的报刊上见他大量地使用这一笔名，如《北平晨报》刊登的《有闲阶级》《艺苑珍闻》二组文字，前者从 1932 年 11 月至 1934 年 12 月有六十多篇文章，后者从 1933 年 6 月至 1935 年 7 月也有近六十篇，署用的笔名均是"闲人"。《新民报》《土话谈天》专栏的一百九十三篇文章，署名亦是"闲人"。

于非厂作品书影

(二) 于非厂、非厂、非厂于照、于照非厂、于照

长期以来，中国的文人习惯把自己的名、字、号，用作发表文章时的署名，这样的例子可举出很多，手边正放有一

套《胡政之文集》，胡政之长期担任《大公报》总经理，姓胡名霖，字政之，发表文章即常署名胡政之，于非厂亦然。他姓于名照，字非厂，"于非厂"也时常作为发表文章的署名，如为《新晨报》写的一组《华萼楼随笔》，自1928年8月5日刊发专栏首篇至1929年7月19日的末篇，总计一百一十五篇，均署名"于非厂"。另一种题署的方式是以字即"非厂"来署名作品，如1933年6、7两月在《北平晨报》上写了一组总计二十篇的《评画册》，即署此名。此外，还有一种方式是把字与姓名连署，如著名的"都门三记"最初在《晨报》上连载，署的是"非厂于照"，而1928年5月"三记"出版单行本时，封面上署名是"非厂"，目录页上的署名换成姓名在前字在后即"于照非厂"，而在版权页上又署名"于照"。这种"非厂于照""于照非厂"姓名字连署的情况比较特殊，仅见于非厂在20年代《晨报》发表作品时使用，30年代后未见再以这样的方式署名作品。另，1929年他在《华北画刊》第十五、十六两期连载《非厂谈国画》，署名为于照。

(三) 非、非心

署名"非"当是从"非厂"简化而来，可又不完全如此，这样署名于非厂显然是有所考虑的，有以示区别之意。比如1932年10月7日、11日他在《北平晨报》刊发《赏奇室遗文》，署名"非"，是为了和20年代在《晨报》上刊发的《赏奇室文选》有所区别，那组《赏奇室文选》的署名为"非心"，初见于1927年3月30日"文选"第一篇，止于1928年5月19日的最末一篇。这是就纵向时间段的区别，就横向上来说，区别就更明显了。如上世纪40年代他为北平《新北京报》写稿，在自己主编的《艺术周刊》发表作品时常常署名"于非厂"，像《谈朱砂》《谈石录》《谈治印》等篇即是；而在另一副刊《文艺版》上刊登作品，署名则单取一"非"字，所见篇目有《上元节近话元宵》《耕耤典礼》等。

（四）今是

此笔名始见于1936年12月29日《北平晨报》。于非厂长期任《北平晨报》副刊《北晨艺圃》主编，在"艺圃"开过多个专栏，《闲谈》是其专栏之一，1933年10月12日至1936年3月22日，他以"闲人"为名，发表了近二百篇《闲谈》，之后专栏中断。1936年12月29日又重新开张，首篇《开场词》作者的署名也改为"今是"，那么"今是"会是他的一个笔名吗？看看文中是怎样交代的："我在这地方，已很久不和读者们相见了，现在我因为帮朋友的忙，不得已，才又在此来说我这《闲谈》。大局变到这般快，我来在我好朋友出的式样的编辑桌，拉开我在九、十个月以前存稿的抽屉，而我在那时所存而未及退还的稿子，居然还存在着，这又多么使我伤心！使我真有不胜今昔之感了！"于此可知"今是"乃为于非厂的又一个笔名。

（五）闲情先生、闲情

　　1933年2月19日《北平晨报》刊登一篇于非厂的《大话闲情先生》，这是篇妙文，从出身、爱好、学养诸方面揭示了闲情先生的个性特征，现摘引几段：

　　先生东海望族，北京世家，好闲，于事物每以闲情寄之，不自以为是，人非之，先生亦自承其非。以其暇好弄文，精悍直入宋元之室，故自号曰闲情。
　　先生精八法，草情隶韵，得龙蛇飞走之妙。蓄碑板，旁及金石骨甲，不屑作晋唐人书，写章草，自谓不在皇象下，偶有书札，先生每以得者不能识为恨。

先生擅六法，濡毫泼墨，写剩水残山，慨然有澄清天下之志。闲写花草，意在似不似之间。偶然见缶庐大壶庐，白石大虾，举起墨落，粗野益豪，便欣欣矜创获。所刻印，不拘绳墨，往往兔免无别，阴阳不分，得者辄以为好。

先生健谈，谈锋犀利，遇其人，滔滔若决江河，日夜不肯休。非其人，惟默坐。先生每喜臧否时人，议古非今，直若隔靴搔痒。每有论列，侃侃而谈，继以嘻哭，终则怒骂，初不效贾生之太息痛哭。好谈时事，以理想为事实，意者为真事，其所举殆如目击，人习知先生之谈，直与报纸之打五折同其性质，故亦不为忤。

先生凌晨起，夜分不寐，于读书作画学书刻印之余，则谈天说故，种竹栽花，当编辑，充教授，考证闲情之学，笔之书，以鸣其闲情。

先生雅好色，夫人年四十许，貌不扬，先生与之生男女五六人，不自以为足。先生既富有，独不二其色，故先生得暇，辄与夫人谈闲话，夫人亦以不闻先生闲话为不快。家庭融融，乐乃弥穷。

熟悉于非厂生平史实的读者读了上面的引录，恐不难得出"闲情先生"实指于非厂自己而不会作第二人选的结论，

《大话闲情先生》当可视为一篇自况文。

署名"闲情先生"的篇目可见于 1933 年 6 月 5 日《北平晨报》之《秽恶熏天》。

署名"闲情"的篇目可见于 1926 年 1 月 24 日《晨报·星期画报》之《歌场小记》、8 月 8 日之《泥美人与老词客》，1927 年 5 月 11 日、13 日、15 日、17 日连载于《晨报》的《春明忆语》。

（六）于非

此署名多用于画作，就形成文字的作品看，可见 1957 年 10 月由人民美术出版社出版的《我怎样画工笔花鸟画》一书，严格讲，这是一册艺术随笔集，当然，也可视为文学作品欣赏。

捎带再说上一句，许多工具书往往把"闻人"也列入于非厂的一个笔名，唯我收集了他大量作品迄未发现其使用过这一笔名，出现这种情况，私以为或许是闲人之"闲"的繁体"閒"，与闻人之"闻"的繁体"聞"，颇有几分相像，而那些老报刊留存至今某些字已模糊不清，稍不留意，兴许就把"閒"字误认为"聞"字了。

2012 年 6 月 16 日

《故都行脚》出版前言

　　还是今年年初时候，一位西安的书友发电邮来，言他们和出版社合作策划了一套"民国游记丛书"，其中的"北京卷"还未找到合适编选人，因我是北京人，熟悉此地情况，征询有无兴趣参与。记得当时我未加思考即爽快答应下来，岂知进入实质性编务后，却有些后悔之前的决定过于草率了，何以至此呢？

　　再没有比编这本书容易的事了。大凡对民国文坛稍有了解者，总能举出一些关于旧京风物的名家名篇，诸如周作人的《厂甸》、俞平伯的《陶然亭的雪》、郁达夫的《故都的秋》、冰心的《到青龙桥去》、老舍的《想北平》、沈从文的《游二闸》、刘半农的《北大河》、许地山的《上景山》、朱光潜的《慈慧殿三号》，等等，特别是姜德明先生编辑的《北京乎》《如梦令：名人笔下的旧京》《梦回北京：现代作家笔下的北京（1919—1949）》梓行后，有人称誉是将描写旧京的散文一网打尽了，现在市面上虽然也有其他编者编辑的此类书，可检索一下入选文章，大体不脱离姜先生编的这三书，似有抄姜编本之嫌。倘若我也来一回"文抄公"，从中拈出三四十篇，凑个十多万字，乃是举手之劳。然而静下心来想想，照此编法，不仅亵渎了书友信任，连如何向出版社交代也成问题。

我决定另起炉灶，并自立了三条标准，其一即是凡入选姜德明先生所编三书的文章，不做重复收入。

第二是力求尽可能多地展现故都的方方面面，只要文章好，即便稍有出格也无妨。换句话说，我不大赞成把游览园林、寻访胜迹的那些纯游记性作品作为本次编书的全部，其实，若那样选反倒容易。1927年上海创刊过一种《旅行杂志》，一直坚持到1955年才停刊，里面写故都游记的文章很是不少，

《故都行脚》，南京师范大学出版社 2016 年 12 月出版

从中筛筛选选即可编就交差。之所以不这么做，无非是让读者从多角度多方面来了解故都风貌，所谓"游记"仅仅是个"引子"而已，这样书中的内容，不仅要有山水游踪、世态人情、风味小食、建筑风貌，还应包含文化活动、社会变迁乃至政治事件等等，比如选入了老向的《故都暂别记》，即是描述了"七七事变"前后古城的紧张气氛。

第三是所收文章均取自于民国年间的出版物，力争做到文学性、史料性兼顾，特别是对那些已经消失的景物，更应重视。比如收入本编张恨水的《危城偶忆》和潘伯鹰的《团城与北海之游》两文，均提到金鳌玉蝀桥，这座横跨于北海与中海之间的石桥，即是北海大桥的前身。所谓"金鳌""玉蝀"，指桥的两端原有明嘉靖年间所建牌坊，桥东牌坊上的匾额名"金鳌"，桥西的名"玉蝀"，故名金鳌玉蝀桥。而今这两块匾额早已拆除，成为一道消失的风景。再比如收入的沈从文以上官碧署名的《逛厂甸》，不仅可读性强，还是一篇稀见史料，连《沈从文全集》也未见收入。

基于上面三条标准，这大半年来，我把业余时间几乎都投入到编辑这部书当中，个中甘苦，冷暖自知，夸张点说，再没有比编这一册书让我更费工夫的了。然而，标准是你定的，只能自认倒霉，埋头干下去，于是就有了这本辑存的

《故都行脚》。

本书名为"故都行脚"，借用的是书中章雨奇文章的篇名，当然，不是说这篇文章多么出色，仅是这里的借用，私以为还算恰当。其实，在书中作家小传一栏里，我连这位作者的简历也未能写出，只能暂作阙如了。

在编辑本书的过程中，许多朋友给予过帮助，特别是老友谢其章兄，从篇目的入选，到资料的提供，以至作者小传的考证等等，都给予了建议与支持。另一位老友赵龙江兄，应我之请欣然为本书题签，而且写了五六幅来供挑选。我得向他们二位表示诚挚的谢意。

还要感谢南京师范大学出版社的张元卿、王欲祥先生，感谢出版家的宽容，这么放手地允许我由着兴趣，编辑了与纯粹游记体稍有出格的一册北京游记选本，知人之明，并不是哪个编辑都能做到的。

2016 年 12 月 4 日

家藏签名本

访书多年，寒斋也存下了几册签名本。说实话，我买书很少为书上是否有签名才决定取舍，某年在琉璃厂举办的书市上，见到数册著名学者容肇祖先生签名的藏书，因内容离我阅读兴趣稍远，就放弃了，并不觉得多么可惜。我的那些签名本，大都是偶然得之，有些甚至是回家于灯下品读时才发现的。如果说得到的是一份快乐，那这不经意间的发现，就是双份的快乐了。人生一世，忙忙碌碌，能享有双份快乐的时候，并不很多。

距今总有五六年了，那是在琉璃厂举办古旧书市的二楼平台上，人们争抢着一些线装古籍，希冀从中得到什么宝贝，我关注的却是"五四"以后的新文学书刊。在这布满狼藉的平台上，我先拣出一册梁实秋的《骂人的艺术》，已是新月书店的第四版，随后翻出的《英雄传》却是签名本。此书 1946 年由新华书店晋察冀分店出版，内收丁玲、陈学昭等人所作的五篇人物特写，由张仃设计封面。两书所费仅四元，今天看近乎是白送了。在《英雄传》的扉页上留下了用钢笔写下的题字："赠叔华女士　四九年　丁玲。"经过近半个世纪的沧桑，尽管那蓝墨水的笔迹已有些褪色，但能得到著名女作家手签本，还是值得珍视的。这里的"叔华"女士是谁？我不敢断定即是指女作家凌叔华，因为那时她已随丈夫陈西滢赴英伦居住了，但我知道丁、凌二人自 20 世纪 20 年代末就相识，且私交很好。凌叔华晚年回忆起两人初次见面的情景时曾说："我们一见面就很投机，从此就很熟了，而且从来没吵过架……丁玲这个人感情很重。"新中国成立后，凌女士曾多次回国，如果这册《英雄传》真是她的藏书，那她是何时带回国内的？又怎样使其散落出来的呢？今丁、凌二人均已过世，恐怕这谜很难解开了。若不是凌叔华的，抑或是另一位也名叔华的藏书，那这其中包含着又是一段怎样的故事？

　　俞平伯早年以《冬夜》《西还》等诗集的创作成名于文坛。然他对诗歌理论也有研究，1934 年 7 月清华大学出版的《清华学报》第九卷第三期的单行本，发表了俞先生的《诗的歌与诵》一文。某年夏日，我过东城图书馆前的书摊，恰遇

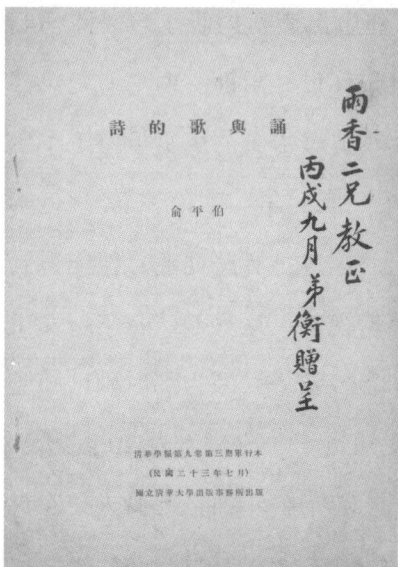

《诗的歌与诵》封面上的俞平伯手迹

此书，见书的封面上，赫然题有"雨香二兄教正 丙戌九月 弟衡赠呈"的字迹。俞平伯名"铭衡"，此处省略为"衡"，显然这是俞平伯的签名本。买此书时，书贩曾问"衡"是谁？我谎称不知，能告诉他真相吗？若告诉了他，我不知是否还能得到俞先生的墨宝，看来人的私欲时常会在某些事情上表现出来。如今想来，以近乎欺骗的方式索得此书，不是罪过吗？题字中的"丙戌"年，指1946年，"雨香"是俞平伯的妻兄，他们都喜好昆曲，一同组织过"潜庐社""藕香社"等曲社。颇有意思的是，得到《诗的歌与诵》后不久，我竟鬼使神差地于此地又得到一册俞先生的藏书，俞先生由赠书人而成了受书者，机遇对爱书人时常予以一种特别的优惠，这便是1924年出版的《大风集》，关于此书，我曾写过《中国最早的艺术摄影作品集》一文作介绍，就不再赘述了。

爱书人大都喜爱黄裳的作品，我也爱读他的文章，一时期还曾刻意搜求过他的集子，大体说来，他于新中国成立后出版的作品我收集到不少，之前的那些册，就不容易见了，尤其是那册《锦帆集》。早就知道这是黄裳先生的第一本书，1946年中华书局出版，由巴金代为编入"中华文艺丛刊"，但那是一册什么内容的书，封面又如何？总想找来一读。多年来寻寻觅觅，得到的结果总是失望，想到黄裳先生自己都讲"(此书)印本甚少，颇不经见"，也就不抱希望了，就在近乎绝望的时候，不曾想却意外地发现了它。说起来不免好笑，还是在早市里。离我供职的单位不远，前几年自发地形成了一家早市，里面多是卖菜的，裹在菜摊中间，不知为何却有几个摊位卖书，大概是取其不收管理费的缘故吧，我时常来此地逛逛。1996年6月20日就在这儿遇到了《锦帆集》，而且书品很好，当时不由得失声叫了出来，摊主被我的一时失态搞糊涂了，或许他不知此书的价值，仅费二元，我便得到了魂牵梦绕了几年的《锦帆集》。去年新结识的书友韦力先生，因公有沪上之行，知他与黄老相熟，便托韦先生去请黄老题字。黄老在书的扉页上写了下面的一段文字——

　　此为余著作最初印本，极罕见。此册新若未触，尤为难得。

国忠先生偶然拾得令人欣羡，为题数语以志眼福。

甲申冬日黄裳记于海上

如果说在我不多的藏书中也有珍本，那么《锦帆集》可算是其中之一。

寒斋所藏的那些签名本，大都是自己逛书店、跑冷摊时得来的，一些书友见了很羡慕，也希望拥有一两册，可苦于无处寻觅，我说，这里实在是没有什么经验可讲，既要有点书缘，更主要的是您腿

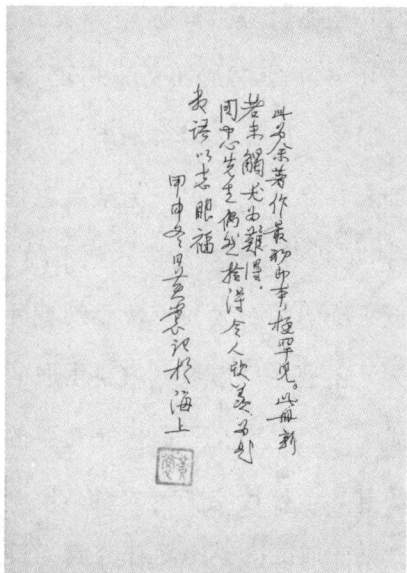

《锦帆集》扉页上的黄裳手迹

要勤快，有了这两点，说不定濡染着哪位名家手泽的签名本，就在书店里、地摊上，等着您去猎取呢。

2000 年 3 月 5 日

2018 年 12 月 5 日改讫

偶拾“油印本”

　　倒退三十年，我上学的时候，那时考卷上的试题或平时练习所发的习题，几乎都是油印的。所谓油印，就是将蜡纸覆于钢板上，用铁笔在上面刻字，然后再滚上油墨印刷。这样的操作方法我还亲自实践过，用这种方法制作的书，人们称之为“油印本”。

　　我先后买到过一些油印本，当然绝非刻意追求，只是在旧书肆偶然碰上，定价又不高，顺便买了下来。像陈宗蕃先生在新中国成立初期自费出版的《新北京赋》、黎锦熙先生1964年自费出版的《廿年纪事诗存》，买时均不超过五元钱，这是前些年的事，如今以这定价是否还能买下，就说不准了。闲时翻翻这些丛残，觉得还有话可说。手边的一册是30年代末期师大出版的一册油印的“国文讲义”，比如它选收了多首现代派诗人的作品，亦可见那时编者的眼界。像金克木即有

《旅人》《先命》《默诉》三诗。不清楚今天大学的讲堂上是否会提到金克木？不过十年前我在师大读现代文学课时，从未接触过金先生的作品，不是看了这册油印本，不会知道他早年还是位诗人。寒舍另藏有旧书店出版的《古籍书目》，都是些油印的小册子，上面无非记录了店家售书的目录、定价等等，旁人也许看不上它，我倒认为这些小册子今天未必失去了意义。隆福寺街如今仅剩一家名为"隆福寺街中国书店"的旧书店了，追溯起来，它却有着近百年的历史，原名"修绠堂"，近人孙殿起的《琉璃厂小志》上说它创办于1917年，那么，它何时改作今称的呢？我未作调查，不便乱讲，但我敢说最迟于1964年的10月它还是以"修绠堂"相称，并有那时该店出版的油印本作证。翻翻这些书目，往往会生出点感慨。比如那时一部明版的《焚书》，售价六十元，今天你几千元买到算是便宜的，一部1935年出版的画册《旧都文物略》，那时定价十元，前几年我在旧书肆见到已涨到六百元，搁到今天，恐怕得千元以上吧。真是世事变易，此一时焉，彼一时焉，看看近年旧书价的一路飙升，再想想如今又有哪家旧书店还保留着编印书目的旧习，你能说这些小册子就没记录着时代的一些沧桑变化？

北京出版社前些年出版过《春游社琐谈》一书，最初它也是以油印本的形式问世，在某年的琉璃厂举办的书市上，我买到过，全书共六册，我仅得第一册，还是中国书店店员、古籍专家雷梦水先生的旧藏，书上贴有他的购书单据。这册书文字竖排，线装，书名与现称的稍有不同，名为《春游琐谈》，这是词人、文物收藏家张伯驹先生与同人共同撰写

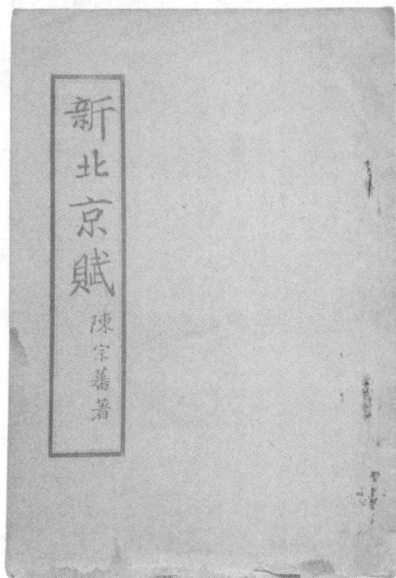

《新北京赋》，陈宗蕃著，20世纪50年代自费出版

的一部作品。张先生1957年因力主开禁鬼戏、凶杀戏而遭劫难，1961年迁居到了长春，在吉林省博物馆帮助审定书画，此时他同居于此地的学者于省吾等人，倡议组织了"春游社"，并邀京、津、沪等地的一些老朋友参加，分别撰写了一些关于金石、书画、逸闻、考证、掌故等内容的文章，总其名为《春游琐谈》，油印出版。谁知到了那尽人皆知的疯狂年代，"春游社"被打成了"反革命组织"，前后审查三年，最后没查出什么，也就不了了之。与《春游社琐谈》相比，更

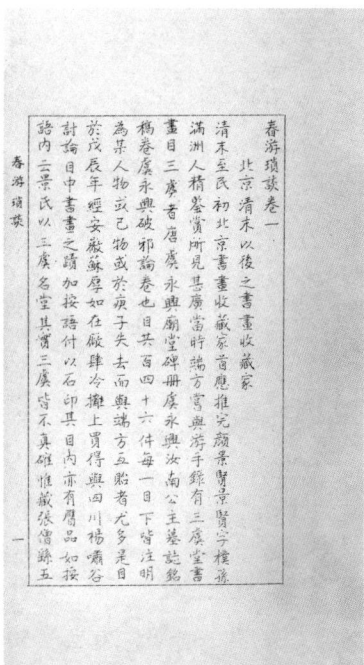

《春游琐谈》，张伯驹等著，1962年自费出版

让我珍视的还是这册油印本，因为它不仅具有版本学上的意义，更可警视人们绝不能忘记那样一个灾难的年代，那样的历史绝不能重演。

油印本大都属于自费出版，印数不多，流传也不广，今天人们已摒弃用这种方式来印制图书了。但却不可轻视它，如果爱书的朋友哪天在旧书肆遇上了，不妨留意一下，您或许会得到《小说大略》，这是《中国小说史略》的前身，是鲁迅20世纪20年代初在北大授课时的教材，可是极其珍贵的版本；您或许还能得到战争年代国统区我党地下工作者出版的那些油印刊物，用著名藏书家姜德明先生的话讲，那简直可以以革命文物来视之。

2001年1月8日

难觅毛边本

书友谢其章兄近几年笔头甚健，继出版《漫画老杂志》之后，新近又由北京图书馆出版社出版了《创刊号风景》，可喜可贺。两书为我们展示了一个多彩的杂志世界，读后受益匪浅。这两书，其章送我的都是毛边本，就更合吾意了。黄昏灯下，我是用小刀一页页地将书裁开后才阅读的，当然会付出些时间及精力，然仍觉是在做一件有趣的事。

什么是"毛边本"？今天的某些读者对它有些陌生了吧，兴许见到毛边本，还以为是不合格产品，甚至会做出一些可笑的事来，比如我收藏的苏雪林的《棘心》初版本，原是毛边书，可从书贩手中得到的时候，书口还泛着白茬，已被切成了光边。询问才知是昨晚他见书口参差不齐的，为图卖个好价，就动了手术。但这能怪他们吗？多年来，我们的出版物是重内容而轻形式，这久违了的毛边本他们又哪里见过呢？考索一下毛边本的历史，据说它起源于欧洲，盛行于法国，于今有上百年的历史。在我国则是由鲁迅先生最早提倡，所谓毛边本，先生做过这样的解释："三面任其本然，不施切削。"即是指那些未被切边的书，装订后仍然保留着印张折叠的原样。早在1909年鲁迅与周作人在东京神田印刷所出版的《域外小说集》一书，不仅用纸讲究，做出来的书就是毛边本，此后先生出版的《呐喊》《彷徨》等书，也都是毛边本，他逝世后，由许广平经营出版的《且介亭杂文》三集，知先生有此癖好，也出版过毛边本。在鲁迅先生的大力提倡下，毛边本在我国20世纪的二三十年代曾风行一时，早期的新潮社、未名社、北新书局、光华书局等都出版过不少的毛边本，连一向趋于保守的商务印书馆也出版过毛边本，之后此风才逐渐沉寂下来。鲁迅先生非常喜爱毛边本，并自称是"毛边党"，1935年7月16日他在致青年作家萧军的信上曾讲："我喜爱毛边本，宁可裁，光边书像没有头发的人——和尚或尼姑。"他甚至还把自己作品的毛边本作为礼物来送给朋友，这在先生的日记及书信中有不少记载。

著名藏书家唐弢先生也是"毛边党"成员之一，他购买新文艺书籍，常常讲究不切边的。关于毛边本的特点，他做过一经典的述说："我觉得毛边书朴素自然，像天真未凿的少年，憨厚中带些稚气，有一点本色的美。至于参差不齐的毛边，望去如一堆乌云，青丝复顶，黑发满头，正巧代表着一个人的美好青春。"另一位著名藏书家姜德明先生，也是无人介绍便加入了"毛边党"，他曾说："我痴迷到这样的程度，凡寒斋存有的书而不是毛边的，一旦发现毛边本必然买下换回。"虽然姜先生如今声明退出了"毛边党"，但依我对姜先生的了解，他对毛边本仍然依依不舍，退出得恐怕并不彻底。此外，就我接触过的李高信、龚明德、王稼句等诸位先生，也都撰写过关于毛边本的文章，他们出版的书，赠我的也都是毛边本。所以不妨夸大点说，但凡真正的爱书人，大都是喜欢毛边本的。

至于我这个普通的爱书人，也说不清是何时喜爱上了毛边本，大概是从前辈们的文章中受到启示，不知不觉地喜爱上它。但余生也晚，买书时早已过了毛边书盛行的年代，不过有这多年的旧书肆经历，寒斋多少也保存了几册，像孙伏园的《伏园游记》、郁达夫的《日记九种》、孙福熙的《归航》、孟

《伏园游记》，孙伏园著，北新书局 1926 年 10 月出版

超的诗集《候》等等。另
外，相熟的书友知我有此爱
好，也慷慨地赠送过几册旧
籍，比如赠送过冯至的《北
游及其他》、骆宾基的《北望
园的春天》等，特别是后一
册，竟还是未裁开过的，对
朋友的这种友情馈赠，我是
再不敢忘却的。

《北游及其他》，冯至著，北平沉钟
社1929年8月出版

应该说明的是，我虽喜
爱毛边本，却并非想高攀前
辈之后，附其"毛边党"骥尾，这纯粹是个人爱好使然。今
天若再想得到20世纪二三十年代出版的毛边书恐怕是困难
了，由此我想，我们的出版家们是否可以做些毛边本公开出
售呢？这样既可满足如我一样喜爱毛边书的读者，或许还能
给出版社带来些收入，不妨一试。

1999年8月23日

旧书店

　　旧书店曾辉煌过，并以它特有的魅力吸引过一代又一代的爱书人。前辈学人写过不少文章，记述了他们徜徉于旧书店淘书的情景，这些文字，至今读来还饶有兴味。

　　余生也晚，当迈进旧书店的时候，它昔日的风光早已无存。记忆中第一次进旧书店是在 20 世纪 70 年代初期，随家长到西单商场的那一家。只记得进门后往里，纵深较长的两旁架上摆放着书，屋里的灯光挺暗，其他印象全无了。上初中后，也曾背着家长，在一天下午没课时，与同学由北新桥步行到琉璃厂去逛书店，两地的距离大约有七八公里的路程。当时口袋里没钱，仅是在那里翻翻书，并没买。到家时，街灯已明，家长着急地找我已有一段时间了，为此险些挨上一顿揍。但我爱书的种子是否就是儿时埋下的呢？至今也说不清。我经常光顾旧书店，还是在参加工作有了一定的经济收入后，陆陆续续地从那里淘到了不少珍本。

因偏爱"五四"以后的新文学，我买书主要搜集这一时期的出版物。只是它们早已绝版，并不易见。20世纪80年代中后期的一段时间里，我简直成了旧书店的常客，几乎每个休息日都消磨在那儿，天道酬勤，有幸得到过茅盾的《春蚕》、沈从文的《从文小说习作选》以及周作人的《秉烛后谈》《夜读抄》等初版本。自然，也得到过一些毛边书，那时见到毛边书并不觉得多么稀奇，不像如今已成为收藏者们刻意猎取的对象，动辄花去几百元买上一册，比如章衣萍的《樱花集》、周作人的《自己的园地》、苏雪林的《蠹鱼生活》等，便是以很便宜的定价买来的。现在东单附近的那家旧书店早已拆除了，我总忘不了有一年，他们办过一次书市，搬出了多年积存下来的旧货，着实让我

《蠹鱼生活》，苏雪林著，上海真美善书店1929年10月出版

过了回买旧书之瘾。如今家中插在书架上的曹聚仁的《笔端》、殷尘的《郭沫若归国秘记》、丰子恺《漫画阿Q正传》等，都是那次购得的。有时白天看到某书，一时犹豫未买，晚上回到家，总放心不下，又给早已关门的书店挂电话，请他们代留。店家那时真讲信用，保证替你办到，这样的事经历

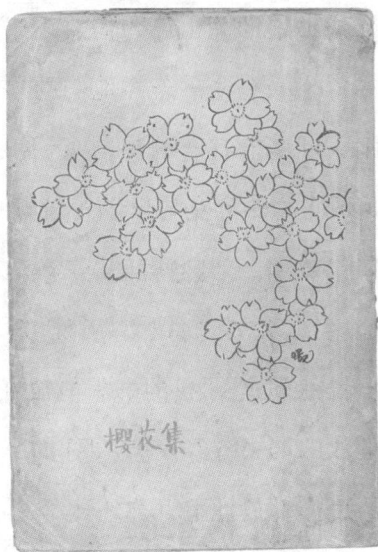

《樱花集》，章衣萍著，1928 年 5 月出版

了不止一次。由于自己的犹豫，颇使一些好书失之交臂，至今回想起来仍很后悔。

　　进旧书店，即使不买书，找那些老店员聊一聊，实在也是一大乐事。他们会从书市的盛衰谈到旧书的聚散，由于经眼的书多，他们还会告诉你哪本书易见，哪本更难寻，哪些书当年被查禁过。你千万别小视这些人，他们外表虽素朴，也不见得有多高的文化知识，但在旧书堆里摸爬滚打了几十年，有着满肚子的书林掌故。比如郑振铎、阿英、唐弢是怎样逛旧书店的；梁实秋去台后，其藏书又是如何散失的；爱

好藏书票的关祖璋为何热衷于收藏铜镜等等，他们能一一向你道来。有些事若经他们的口说出，便极生动。一天我拿出刚买到的老宣著的《妄谈》初版本给灯市口旧书店的刘珣师傅看，想不到竟勾出老人亲历的一段往事：原来在20世纪30年代末期，刘师傅随父亲在琉璃厂摆摊售书，有一次老宣逛琉璃厂，见他们把《妄谈》放在地上卖，他自恃名重，满脸不悦地问道："我的书怎能放在地上？"老人的父亲指着地上堆放的四书五经反问："你的书怎就不能放在地上？连孔圣人的著作都放地上，你还比得上孔圣人？"说得老宣无言以对，只得灰溜溜地走了。在同这些老店员的接触中，我懂得了不少的版本知识，而他们自藏的某些书，我冒昧地提出借阅，他们也一一答应，比如上海沦陷时期由古今出版社出版的那册《蠹鱼篇》，最初读到便是从刘师傅那里借来的，这实际早已超出了买书、卖书之间的关系。可惜的是，如今这些老店员们已先后退休，我还有机会再向他们请教吗？

近几年旧书店是更见衰落了，其原因主要是书源问题，虽仍称为旧书店，若进去看看，卖的大都是新书，与一般的书店毫无二致。偶尔见到些零本残册的旧书，往往标价高得惊人。曾在某店见到一册1980年出版的《中国现代文艺资料丛刊——五》，是"左联"成立五十周年纪念特辑，三十二开本，三百多页，按说这并不属于真正意义上的旧书，更非畅销书，大概只有专门的研究者才会关注，店家却认为奇货可居，漫天标价，索要百元，似乎就有点胡来了。更令人气愤不过的是，某些书店明摆着几册旧书唯对外宾开架，国人只能站在柜台外看看，不能翻阅，那意思即使不说，人们也能明白是怎么回事。

今天的旧书店，门面装潢得是够富丽堂皇了，室内装有空调，夏天进去还很凉爽，甚至也使用了计算机来检索图书，看来的确是进步了，可不知怎的，我却很少再有兴致进去了。

2001 年 3 月 2 日

冷清的旧书市

　　第二十二届（1999 年 8 月）古旧书市在琉璃厂的海王村大院落下帷幕。这琉璃厂是什么地方？它曾是木版线装书的天下，古都文化象征，它以坊间的宋元刻本、明清珍籍，吸引和陶冶了一代又一代的文化名人。就说鲁迅先生吧，曾在三个月内光顾这里二十六次，几乎平均三天一次，足见这古旧书对文化人的诱惑力之大。再以我这普通的读书人来说吧，架上堆放的近千册古旧书，除从地摊上淘来的之外，很大一部分也是来自琉璃厂的古旧书市。这些年来，随着古旧书的枯竭稀少，淡出市场，往日琉璃厂的盛况仿佛也日见式微，风光不再了。

　　往年，一有举办古旧书市的消息，书友们便相互转告，书店的大铁门还未打开，就已聚集了成百上千的读者，这里面还有连夜坐火车甚至是乘飞机赶来的外地书痴。等铁门一开，众人狂奔乱挤，奋勇争先，直奔旧书架，每人先抢走几十本旧书飞快地挑选，像赛跑冲刺，又像争抢打仗，那场面不仅壮观，甚至有些让人后怕。这次就不同了，头三天我都去了，第一天在门口等候的不过三十人，第二天更少得可怜，连我在内共三人，昔日那人头攒动、摩拳擦掌的火爆场景，已不复存在。

　　古旧书市的凋零衰败，自然与古旧书的匮乏有关，结果造成了"物以稀为贵"。这次仅购得两册书，一册为澎岛的《蜈蚣船》，作者是20世纪30年代"北方左联"的成员，他的著作不多见。另一册为周作人的随笔集《立春以前》，是1945年上海太平书局出版的。两书各为五十元。而《立春以前》已是琉璃厂第二次售出的旧书了，上面的标签显示出第一次定价为五角。刚付完款，便有人凑上来询问是否愿意以一百元出手？旧书既少又贵，由此也可见一斑。但再少再缺，也不能漫天要价呀，架上还有一套20世纪40年代上海沦陷时

《立春以前》，周作人著，太平书局1945年8月出版

《蜈蚣船》,澎岛著,北平北国社
1933 年 10 月出版

期出版的《万象》杂志,看了一下标价,以为是七千元,其实这已经不低,书架旁的营业员直冲我喊:"好好看看,那是七万不是七千!"唬得我慌忙躲开。旧书不够,新书来凑,说是古旧书市,倒是前几年的新书三折五折地在这里贱卖,可怎么也烘托不出古旧书市的气氛。

往年的古旧书市上常见一大块头、高个子的老外,汉语说得极好,还能说几句老北京的土语。据说他是南京大学历史系的客座教授,美国人,汉语的名字叫"甘乃之"。这甘先生挺懂旧书,而且出手阔绰,每次书市都大有斩获。有时他还专门雇个中国的小伙计,跟在其后面肩扛手提所购之书,到午饭时间,便从口袋里甩出几张钞票对伙计道,"去,找饭吃去!"很是风光。这次甘先生又来了,不知是从南京来或是从美国而来,不过伙计却不带了,也没买多少书,仅一小捆,不知是此人的钱袋瘪了呢?还是旧书的品种档次已引不起他的兴趣了?反正逛了一

·206·

会儿，就见不到其踪影了。

置身这冷清的书市中，时不时会听到营业员在那里纳闷："今年这书市怎么回事？恁是没人！"是呀，那昨日的盛况，还能重现否？

1999 年 8 月 30 日

书市购刊记

近些年我不怎么去琉璃厂访书了，无疑这是件很痛苦的事，但也实属无奈。究其原因，当然是工作忙，闲暇时候不多；更主要的还是每次去常常令人失望，买不到什么称心的旧书，渐渐失去了再访的兴致。就说 2005 年 4 月中旬在琉璃厂举办的古旧书市吧，最初还是不想参加，但经不住书友撺掇，便随众人去了。好在这次并没失望，多少买到了一点旧书，对此已很满足。可见旧书虽难寻，却还并未到绝缘的地步，琉璃厂仍然值得去，而我不去这里访书的偏见倒是应该扔掉了。

这次书市同往年一样，还是在邃雅斋后面的二楼平台上举办，规模却较往年小了许多。招牌依然是古旧书市，但卖的多是出版不久而今下架的新书，那些真正意义上的旧书并不多，不过是作为点缀罢了。它主要集中在平台上搭建起的一间简易木板房里。在我印象中以前没有这所建筑，这是何时建起的也无从知道，可见是许久未到这里来了。这间房子不足一百平方米，里面放了十几条木案子，上面摆放的旧书以线装古籍和外文原版书居多，我关注的民国年间的书刊只占两个案子，而这两个案子前却拥满了读者，别说从容地选书，挤进去都很困难，前面的人都是手里抱走一摞书，躲到一旁去挑选，顷刻间案上的书便被瓜分殆尽，待选完把不需要的放回后，案上已是一片狼藉，有些书甚至遭到了分身之灾。当店员准备再次上书时，往往一捆书未提上来，便被众人一抢而空，其间为抢夺某书而相互发生争执的现象也是存在的。这样的购书方式当然欠文雅，可没办法，如果你稍一迟疑，所需之书恐怕已入别人之手了。即便是如此，仍然有遗珠可拾。比如书友刘福春先生那天来书市较晚，错过了抢书场面，只能到别人扫荡过的书堆中去翻检，亏他有书缘，居然得到一册舒群著的《老兵》。这书是20世纪30年代赵家璧主持良友工作时编辑出版的"中篇创作新集"之一，初版仅印两千册，今已不易见。刘先生是搞新诗研究的，收藏的重点当然是诗集，《老兵》便转让于我。另一位书友胡桂林兄，也从乱书堆中寻出一册《张醉丐打油诗》，这书他已存，同样也让给了我。这是20世纪40年代北平沦陷时期的出版物，甚稀见。

前几年北京大学吴小如先生曾有意为张醉丐编一册打油诗，为此我还提供过几张发表过张醉丐打油诗的旧报，可至今未见此书出版，大概是收集的资料不够丰富放弃了。现在好了，我可以把这册《张醉丐打油诗》再提供给吴先生供其筛选了。上面说的这两书能够购得，全有赖书友惠让，也正应了"出门靠朋友"这句俗语。

至于我自己，本次书市，旧书未寻到一册，却购得几本老期刊，这些期刊，不论开本的大小及页码的多少，每册一律售价四十元，在别人看来或许都是些平常之物，自己仍觉珍贵，所以愿借此写下它们的刊名并略记几笔，以飨同好。

《云南》第一号，即创刊号，1906年10月15日由云南留日学生在日本创办。其办刊宗旨在本册封底上的《〈云南〉杂志简章》中介绍道"以开通风气鼓舞国民精神为本旨"，表现了鲜明的政治倾向和爱国主义精神，这在辛亥革命前夕是难能可贵的。可惜我得到的这册封面已失，终成憾事。

《小说画报》第十二号，包天笑编，1917年12月出版，上海文明书局发行。关于《小说画报》，文学史家评价不低，魏绍昌在《我看鸳鸯蝴蝶派》一书中写道："《小说画报》用国产有光纸石印，每种小说都配有插图，图文并重，而且不收文言小说，不收翻译小说，这些在'五四'之前的刊物中，均属创举。"《小说画报》共出版二十二期，我虽仅得其一，也堪称幸事。

《春柳》第二期，1919年1月1日出版，李涛痕主编。这是提倡戏剧改良的一种刊物，但某些文章也具有史料价值，如本期中春柳旧主（李涛痕）的《春柳社之过去谈》、王梦菊的《谭鑫培史料》等，都提供了不少内幕，非常人所能道，值得收藏。

《幻洲》第一卷第三、九两期，为六十四开毛边本。这是创造社后期的出版物，封面设计叶灵凤，内有插图多幅。老实讲，买它们，至少有一部分理由是为了那诱人的装帧。该刊还有一个特点：即薄薄的一册小书却分上下两部，上部

《小说画报》第 12 号，1917 年 12 月出版

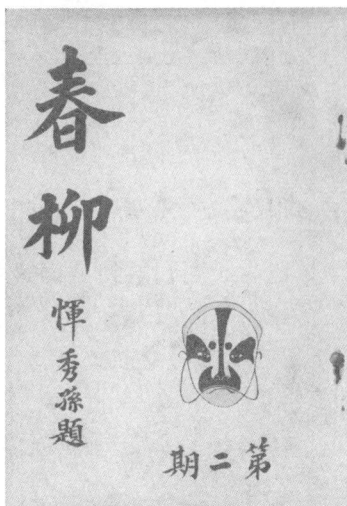

《春柳》第 2 期，1919 年 1 月 1 日出版

《幻洲》第 1 卷第 9 期，1927 年 2 月 16 日出版

名《象牙之塔》，叶灵凤编，多发表创作；下部为《十字街头》，潘汉年编，以刊登杂感和时评为主。如今若想寻得一册，恐怕也已不易。

《文学杂志》第一卷第二、三两期。《文学杂志》是朱光潜先生主编的在现代文坛有相当影响的一套大型文学刊物，1937 年 5 月创刊，直到 1948 年 11 月终刊，其间还经历了停刊而又复刊，总共出版二十二期。多年来，我多方搜求这套杂志，大体已齐，只欠这一卷的第二、三两期。巧的是，本次书市这两期全买到了，而且书品很好，殊出意料。世间有些事也实在不可捉摸，比如，为什么这两册期刊落到了我的手里而不是他人？为什么偏偏正是缺少的那两期而不是别的？如果勉强解释的话，就不能不归之于"缘分"二字了。

拎着购得的书刊从书市归来已近傍晚，坐在台灯下，拂去书刊上的尘土，再抚平折页，然后沏上一杯茶，点燃一支烟，优哉游哉地翻阅了起来，这晚我睡得很迟。如今想想，为购得几册书刊，耗去一天时间，挤用了家里本不富裕的开支，更不能容忍的是参加到"抢书"的行列里，真是斯文扫地，这又何苦呢？

2005 年 5 月 1 日

我与子善老师

活力四射仿佛永远年轻的陈子善老师，不知不觉间竟然已经七十岁了。

结识子善老师之前，是先从他的《捞针集》《海上书声》《文人事》及编辑的《周作人集外文》等书中了解他的。他是一位痴迷新文学史料的学者，尤其在探幽发微、拾遗补阙方面甚见功力。他虽学院中人，文风却无学院气。文章不讲究宏大的架构，大都是些短小篇什，常常能从细微处入手，或发掘一篇作家的集外文，或介绍一部鲜为人知的版本，或考索一段湮没不彰的史实，或钩沉作家一段陈年往事，凡此种种，经过他详细考证和辨析，往往成为不刊之论。我平时喜好收存一点新文学旧籍，也尝试着写点关于新文学史料方面的小文，读子善老师的书，自感亲近，心生仰慕，当然，更盼着有机会与之相识。

终于等来了这样的机遇。

已记不清与子善老师初次见面的确切时间了，印象中在 2005 年，于是赶忙查老友谢其章的《搜书后记》，真查到了，是在这年 9 月 10 日。那几天琉璃厂中国书店正举办书市，配合书市活动，10 日这天的上午还举行了一场关于古旧书业的研讨会，子善老师是作为嘉宾来参与研讨会的。这届书市同往年相比，风光不再，很难买到什么像样的东西了。10 号的这天已近书市尾声，又没上什么新货，我们一同逛书市的书友早早离开了书市，寻到旁边巷子中的小饭铺喝酒聊天去了。这家小店，设施简陋，仅提供拍黄瓜之类几样小菜，唯所做锅贴酥脆，甚可口。中午的时候，子善老师由陆昕先生陪着来了，给我的第一印象是他身材高瘦。陆先生做了引荐后大家就一起吃饭聊天。子善老师平易健谈，很容易接触，至于其间都谈了什么，今已不复记忆。其章兄《搜书后记》是这样记的："子善见谁都是'一见如故'，几位都带来他的书求签，席间他主聊，多有沪上新闻。陆昕弃大饭局屈尊小馆，这么简陋的小馆子于北京的中心并非少数。"这里补说一句，因此前得到消息子善老师会来，我便带了几本他的书求签名，为我签名时还有一个小插曲，或许是我没把名字报清楚，抑或他没听清，在《海上书声》的扉页上他先是这样题的："为赵国章先生题 陈子善 乙酉秋日"，后知有误，赶忙作了修改，并补写一句："人未老而先糊涂，歉甚歉甚 子善又及。"这次见面，还有两事我记得清楚，且均与张爱玲有关。一是饭局中，他接一个电话，吴福辉先生打来的，两人谈论起关于张爱玲的什么事，我听不大懂，仅记住了频繁出现张爱玲三字。另一是饭后众人陪他重返书市，从我们翻拣过的书中他寻出一册旧刊，即首刊《红玫瑰与白玫瑰》的那期《杂志》，因缺失封面我们都舍弃了，我问书品不佳何以还要？"不是有张爱玲么！"他回答。

也是有缘，仅隔一个月，与子善老师竟有了再次见面机会。

2005 年 10 月 14 日至 16 日，由北京《芳草地》杂志承办的第三届全国民间读书报刊研讨会在朝阳区文化馆举行。这届读书会办得很成功，参会者近百十位，其中不乏一些著名作家，另外也有潘家园的贩书者，总之都是爱书人。在上午的开幕式上，我即看到了子善老师，他作为嘉宾坐在前排，我离他座位较远，当时人多，不便趋前问候。会间休息时，我找到了子善老师，他随口呼出我的名字，并说，刚由南京出本书，徐雁给捎来了十本，你赶得巧，送你一本，于是在《迪昔辰光格上海》上签名题字。论起来，之前与子善老师仅一面之缘，况且会场里他的熟人不少，我算老几？然而子善老师并没冷落我这位新朋友。

这届民间读书会日程安排紧凑，逛过旧书市场，还去了名家故居参观，因租车等事宜，北京的参会者这些活动就免了。16日这天外埠的代表就要走了，我想无论如何也应该同子善老师再见一面，权当话别吧。15日的晚上我约上好友柯卫东兄又去宾馆拜访了他。走进子善老师的房间，好么，不大的双人客房，坐了不下五六位，有我认识的，也有不认识的，正闲谈着关于书的一些琐事，我们也加入进来。其间走了一拨，随后又来新人。子善老师为人随和，不摆学者架子，书友们都愿接近他，他也乐于亲近这帮年轻朋友，乐于听他们聊聊个人的买书心得、藏书经历，以及发生的种种有趣故事。

我们渐渐地熟悉了，特别是近些年，他多次来京，时间允许的话，总要见见面。

有一次子善老师来中国人民大学参加学术会，住在了人大的汇贤大厦招待所，中午电话我，会议下午三点结束，之后你若有空来一下。我以为有何急事，准时赶了去。一见面，他说，叫你来其实没什么事，就是这次孔海珠也来了，本想给你引荐引荐，多与前辈学人接触，总可开阔一下你的眼界，不巧的是，刚刚见她一散会就被别人请走了，抱歉让你白跑了一趟。我很感谢子善老师的好意，便说跟您聊聊天也很好啊！那个下午，真是一次愉快的闲谈，没固定主题，随便得很。他说起了他的生活经历。现在大家看到的子善老师是个学术明星，全国各地到处有人邀请讲学，风光得很，其实他的人生道路并不顺畅。在精力最为旺盛、需要打基础的阶段他去了江西战天斗地，返城后在里弄的工厂又做过工，考研究生因政治一科未过关而落榜，由于学历不够也受过冷落。他完全是凭着勤奋和努力，才闯出了后来的一番天地。我们还聊到了都熟悉的朋友徐重庆先生，那时他正患重疾住院，我们都为他的病情担忧。子善老师说："我跟重庆私下是好朋友，其实我们的观点是有分歧的，尤其在郁达夫与王映霞婚变这一公案上，他是挺'王'派，我是挺'郁'派。学术上出现分歧很正常，并不影响我和重庆之间的私交。"我知道子善老师多次到港台地区进行学术交流，了解港台文学，就顺便请教了罗孚在北京的幽居十年是怎么回事。这问题似乎有些敏感，然而子善老师并不回避，就其所知详细地叙述了经过，并说他那个"柳苏"的笔名就含有被贬之意。柳指柳宗元，苏是苏东坡，"唐宋八大家"中的这两位，一个曾被贬到广西，一个是在广东，罗先生在这两地还都待过，笔名妙就妙在取其"贬"意，不过这"贬"是被"贬"在了京城。与子善老师聊天，他会提供很多资讯。我说自己保存了一册孙陵的《大风雪》，万叶书店的初版本，不知这位作者后来还写过什么？子善老师随口而出，他有《浮世小品》出版，里面资料不少。如今我也保存了一册《浮世小品》，书中写到的作家几十位，尤对巴金、萧军等人的研究有足资的参考价值。

"出去散散步吧。"子善老师提议。

伴着夕阳的余晖，俩人漫步在中关村大街。走着走着，看到了一家星巴克，"我们进去喝一杯吧，"子善老师又提议，他指的是咖啡。

细细地品着咖啡，望着窗外川流不息的行人，子善老师说了一句"下午过得很愉快"。

"这个下午我更幸福！"我回答。

与子善老师相识，对我而言，意义非同一般，因为我结识了一位好老师，虽然没有正式听过他的课，但自从把现代文学史料研究作为业余时间的兴趣爱好以来，每每遇到疑惑，总会想到去请教子善老师，为此没少给他添麻烦。他对我这样的后学，总是勤勉有加，尽力帮助我、鼓励我。他任执行主编的《现代中文学刊》，我在上面发表的几篇文章，都是子善老师约写的。特别是那篇张爱玲的《寄读者》，在国家图书馆查到后，立即给子善老师打了电话，请教是否是集外文，得到这位张爱玲研究专家的明确答复后，他对我说："你赶紧写篇文章，就在我们'学刊'发表，就这样定了。"子善老师主持的"海豚书馆·红色系列"，我编纂了三本书，也是他约我编的。我为《山水人物印象记》写的"出版前言"手稿，上面留下了子善老师的许多改动，从字、词到句子以至于标点符号，工整而又清晰，我至今珍藏着这份改动稿，深感这是前辈对后学的一种关爱。他曾多次鼓励我说："你手边掌握的资料不少，要多写一点才对呀！"我不是以"没时间写啊"敷衍，便是以"这样的文章写出来，谁看呀"来搪塞。"怎么没人看，我就看吗！"子善老师的回答同我尊敬的另一位前辈姜德明老师的回答竟然是一样。真是愧对前辈们的厚爱了。

由于学识所限，我给子善老师还曾带来过麻烦，手边有一封子善老师来信：

国忠兄：

主编大人转来京中一位学人对尊编《人海闲话》的勘误，现寄奉。未必全对，仅供参考。如尊编重印，当可择善而从。

黄俊东书找出来了，一并奉上，请查收。

（书品比我自留那册还好，哈哈。）

子善上

五、十一

随信还附带两页"勘误"表，未署名，主要针对我编选的傅芸子《人海闲话》中涉及佛教典籍时出现的问题提出质疑。应当承认，这方面自己确实是外行，当然要承担失误之责，由此却给子善老师添了麻烦，让我深感愧疚。主编大人当是指陆灏先生。黄俊东的书指港版的《猎书小记》，我寻访多年未得，一次同子善老师闲聊说起过这事，他默默记下了，这次随"勘误"表一同寄来，我揣测他怕我这个初涉编书之道的新手自尊心受打击，想让我宽松宽松。子善老师想得可真周到。

《猎书小记》封二留有子善老师的题字：

国忠兄寻觅此书多年未获，手头正好有复本，即寄奉，宝剑赠英雄也。

弟　陈子善

壬辰四月于海上梅川书舍

子善老师七十岁了，依然见他精力充沛。前些时候，他为北京花家地一家书店做关于张爱玲的讲座，我陪着去的。店家预备了工作餐，就在员工的休息间吃。这个休息间除了餐桌，还有几排书架，我俩正吃着，突然进来一只小花猫，

《猎书小记》，黄俊东著，香港明窗出版社 1979 年 12 月出版

这下子善老师来了精神，他爱猫是出了名的，每天微博最先登场的就是他的"猫图"，于是放下碗筷，就去逗猫，本意是想为猫拍张照，可是猫见到生人哪儿会那么顺从，一下子跑到一边去了，就见子善老师在后边追，围着餐桌追，绕着书架追，逗得我只顾在一旁笑了，忘记了掏出手机拍摄一张子善老师"追猫图"。之后，他眯起眼睛还意犹未尽地赞叹："这猫漂亮，这猫漂亮！"此情此景，哪儿像七十岁的人？活脱一个老顽童。就在今天我写这篇小文的当口，瞥了一眼微博，见上午还在上海参加钱谷融先生追思会的他，下午就出现在二百五十公里之外的诸暨举办的第十五届民间读书会上，这么密集的生活节奏，还要克服舟车之苦，即便是年轻人恐怕也要掂量掂量。

子善老师从来就不曾老过，在我眼中，他的七十，即是十七。

2017 年 10 月 28 日

后　记

应出版社之约，辑成了这本《故书琐话》的小书。

本书收文三十八篇，一部分收录的是旧作，余下则是近年所写。有的文章发表了近二十年，那时的痕迹一眼即能看出，浅薄则更是显而易见了，今校阅时仅做史实上更正和词语的略加修饰，并对图片作了一些调整。

书名《故书琐话》是止庵先生给起的。一次与止庵闲聊时说到好的书名几乎已被人们用尽，起个书名很难，止庵先生略加思考便说"故书琐话"如何？我认为很好，便欣然接纳，现终于派上了用场。感谢止庵先生。

还应该感谢吴兴文先生，谢谢你为本书的出版所付出的辛勤劳动。

赵国忠

2018 年 12 月 9 日

图书在版编目（CIP）数据

故书琐话 / 赵国忠著 . —杭州：浙江大学出版社，
2020.6
（三味书屋）
ISBN 978-7-308-19766-3

I.①故… II.①赵… III.①杂文集－中国－当代
IV.① I267.1

中国版本图书馆 CIP 数据核字（2019）第 271672 号

故书琐话

赵国忠 著

责任编辑	叶　敏
责任校对	周红聪　许晓蝶
装帧设计	蔡立国
出版发行	浙江大学出版社
	（杭州天目山路 148 号 邮政编码 310007）
	（网址：http://www.zjupress.com）
制　作	北京大有艺彩图文设计有限公司
印　刷	北京中科印刷有限公司
开　本	880mm×1230mm　1/32
印　张	7.25
字　数	120 千
版 印 次	2020 年 6 月第 1 版　2020 年 6 月第 1 次印刷
书　号	ISBN 978-7-308-19766-3
定　价	69.00 元
